大展好書　好書大展
品嘗好書　冠群可期

大展好書　好書大展
品嘗好書　冠群可期

心靈雅集80

《西遊記》與佛道

劉欣如 著

大展出版社有限公司

國家圖書館出版品預行編目資料

《西遊記》與佛道／劉欣如 編著
——初版——臺北市，大展，2017[民106.08]
面；21公分——（心靈雅集；80）
ISBN 978-986-346-173-9（平裝）
1.西遊記 2.研究考訂
857.47 106009467

《西遊記》與佛道

編 著／劉 欣 如
責任編輯／� 楓
發 行 人／蔡 森 明
出 版 者／大展出版社有限公司
社 址／台北市北投區（石牌）致遠一路2段12巷1號
電 話／(02) 28236031・28236033・28233123
傳 真／(02) 28272069
郵政劃撥／01669551
網 址／www.dah-jaan.com.tw
E-mail／service@dah-jaan.com.tw
登 記 證／局版臺業字第2171號
承 印 者／傳興印刷有限公司
裝 訂／眾友企業公司
排 版 者／千兵企業有限公司
初版1刷／2017年（民106）08月

定 價／220元

序言

《西遊記》係中國古典小說的「四大名著」之一，一般認為作者是明朝的吳承恩。書中講述唐三藏師徒四人西天取經的故事，表現了懲惡揚善的主題，在中國及世界各地廣為流傳。

記得剛上國中那年，我就讀完《西遊記》。後來，陸陸續續也翻閱過幾次，卻沒有像第一次那樣耐心從頭讀到尾，直到自己學佛十幾年後，決心要寫這本書前幾個月，我又仔細讀過幾遍，才有不一樣的心得。

說真的，早年看《西遊記》，只知書中唐三藏確有其人，卻不知他是位高僧，那時明知其他角色全屬作者的虛構，但卻十分懷疑書中的佛道部份，包括佛菩薩、諸神、教義……是真或是假？我無法判斷和分析，反正學佛以前，我僅以文學角度欣賞《西遊記》。

這樣一年過一年，期間，我遇到殊勝因緣皈依了佛教、精讀若干部佛經，也曾翻譯、註解、寫作和出版幾本佛書，才對真正的佛教有了相當程度的理解與掌握……。

有一位多年好友李君，而今不但是位出家法師，也同時擔任洛杉磯某家寺廟住持，無意間吐露他當年出家的因緣，也曾受到《西遊記》極大的影響，尤其，佛道神通給了他極深刻的印象，甚至讓他產生強烈的憧憬。哇！這句肺腑的話，立刻給我很大的啟示。

我暗忖：肯定不止李君一人如此，報載古今不也有成千上萬的人，如醉如狂那些內容不完全來自《西遊記》，但也不可否認《西遊記》提供不計其數和大同小異的暗示，於是，我心生何不隨緣點出《西遊記》與佛道的關係？而且我手上也有另一本《唐玄奘留學記》（大展版），正好趁機核對一下唐玄奘（唐僧）的片斷史實，還有七大本厚厚的《佛光大辭典》，以及若干部禪宗公案和經典註解等，都是必要的參考資料。

當然，本書不是學術研究，談不上嚴謹的分析與註釋，只是自己率性依據多年學佛心得；同時詮釋若干佛道名相；我想，這對於不明佛理，又嗜讀《西遊記》的讀者不也是多一本有趣的補充讀物嗎？何況，我儘量避免嚴肅的解說，分析和批判的言詞，反而喜歡採用許多佛經故事來印證比較，可以增加本書的趣味性與可讀性；寫作本書或許不算功德，至少沒有罪過，出現一份精神食糧，有何不可呢？

劉欣如　序於美國洛杉磯

目錄

第四章　佛道名相面面觀

第一章　外道佛道面面觀

一、生命來源　南轅北轍

不可否認，孫悟空的生命來源是作者編造的，反正是一本小說，怎麼編造都可憑作者自由想像，所以，孫悟空的生命可說無中生有，全屬神話，根本不符合佛教的生命觀。

例如，《西遊記》說：花果山上有一塊仙石，自從開山以來，每天受到日精月華，感應既久，遂有靈通之意。內育仙胎，一日爆裂，產下一個石卵，似圓球大小，因為見風，而化作一個石猴，五官俱備，四肢皆全，便就學爬學走，拜了四方，目出兩道金光，射沖斗府，驚動天上玉皇大帝……。

從醫學或生物學觀點說，動物生命源自雌雄兩性的互相交配，不管胎生、卵生皆不例外，而猴子屬於胎生更不在話下，那麼，人生則是父母精卵的遺傳作用，如依佛教徒看，人類生命裏還有主體性的「中有身」，因此，他們對於人工受精，和試管嬰兒的態度就不同一般醫生了。同樣地，他們也以為人死，或生命消失，不是肉體崩毀的單純問題，毋寧說，人死是另一種旅途的開始，因為他們有三世因果的觀念……。

現在，我要談談佛教的生命觀。

基本上，佛教所謂生命來源，係由過去業力招感而起的，依照受生的差異，眾生有各種分類，例如九類生是胎生、卵生、濕生和化生等，加上有色、無色、有想、無想、非有想、非無想等。此外，也能從釋尊菩提樹下禪定境界中，得知眾生的來龍去脈，也是生命來源的重要詮釋。

當時，釋尊在夜晚的初、中、後等禪定裏，證知了三明六通。三明即是三種神通——宿命通、天眼通、漏盡通。另外加上神足通，他心通和天眼通，合稱為六神通。

根據《佛本行集經》說，釋尊的宿命通能追溯自己與別人的過去世到一輩子，兩輩子，甚至遠到八萬大劫這樣無限生命的程度為止。釋尊還能證知自己在其間的姓名、族屬、住處、飲食、接受過的快樂及壽命長短等詳情。

同時，釋尊也如實知見一個生命終結時，出生到另外場所，和生死流轉的反覆狀況。

據悉釋尊在中夜證得天眼通（能在照見世間一切萬舞遠近的形色，及六道眾生苦樂的種種現象），那是一種能夠預知眾生未來命運變化的智慧。

依據《過去現在因果經》說，釋尊到了中夜，靠天眼通觀察世間的狀況。他發現芸芸眾生在未來世，會依據自身的善惡行為（業），一面承受苦果的苦報，一面在輪迴，而這些現象好像很清楚反映在明鏡上。

另在《佛本行集經》裏，也明白指出眾生的未來五道（六道）：「地獄的眾生受盡極端苦楚。如果投生畜生，會遭到弱肉強食；如跌入餓鬼界，也常受飢餓之苦。縱使出生人間，也不易謀財；如出生天界，不久果報來到，終究難逃五衰。」

到了後夜，釋尊終於在無明裏找到六道輪迴的根據，一面觀照十二因緣，一面斷破無明，而後證得了漏盡通。從此以後，釋尊終於覺知三世因果，生死流轉的根本大法，而這也是天下眾生的生死觀。

顯然，孫悟空的生命不在三世因果，生死輪迴之列，生命之源來自日月精華，既不符佛教的生命觀，亦違反生物學原理……。

二、看破紅塵　知覺無常

先撇開孫悟空的生命來源不說，憑心而論，他還是蠻有善根的，而不像其他猴類糊裏糊塗過日子，尤其，孫悟空在水簾洞當了美猴王，統領一群猿猴、獼猴和馬猴等，分派了君臣佐使，朝遊花果山，暮宿水簾洞，合契同情，不入飛鳥之叢，不從走獸之類，獨自為王，不勝歡果。有下首詩為證：

春採百花為飲食，夏尋諸果作生涯。
秋收芋栗延時節，冬覓黃精度歲華。

《西遊記》說，美猴王有一天跟群猴喜宴之間，忽然憂愁，墮下淚來。

眾猴問他為何煩惱？他答說：

「我雖在歡喜之時，卻有一點兒遠慮，故此煩惱。」

眾猴反而笑他說道：

「大王好不知足！我等日日歡會，在仙山福地，古洞神州，不伏麒麟轄，不伏凰鳳管，又不伏人間王位所拘束，自由自在，乃無量之福，為何遠慮而憂也？」

美猴王答說：

「今日雖不歸人王法律，不懼禽獸威嚴，將來年老血衰，暗中有閻王老子管著，一旦身亡，可能枉生世界之中，不得久住天人之內？」

眾猴聽了個個掩面悲啼，俱以無常為慮。

哇！這就是美猴王不同凡響之處，活在極端快樂的五欲滿足之際，會想到生命無常，對死的問題非常敏感，有刻骨銘心的痛苦，為了解決這個苦惱，他竟然果斷地拋棄眼前的享受，一點兒不貪戀榮華富貴，就離開水簾洞，到處去訪仙學道，追求長生不老術。

總之，天下眾生平凡與否，全在自己一念之間，能不能由迷轉悟；在這以前，也要看他（她）有沒有這個衝動，意識或念頭，之後肯不肯去實踐，和貫徹始終了。

如果以事論事，站在同是一個有情眾生的立場說，美猴王這點頗像當年印度釋迦族悉達多王子，因為他自幼生長在王宮，一切奢侈享受都非比尋常，包括女色、飲食、居住和日常生活的各種需要，如他在晚年回憶，自己少年時代，說道：

「我！非常快樂，父親的官邸設置蓮花池，有些地方栽培青蓮華，有些地方培植紅蓮華，還有些地方種植白蓮華，他完全是為我而培植的，除了貝拿勒斯產的檀香以外，我決不用其他品種。為了我，不分白天夜晚都給我設立白色傘蓋。我有三間宮殿，一間為了冬天，一間為了夏天，另一間為了雨季。在四個月的漫長雨季裏，我住在王宮裏，被一群女性組合的樂隊包圍著，使我一步也不曾離開王宮。雖然我有過這樣的福氣，但我可不這樣想——不學無術的凡夫，會自然衰老下去，即使我也同樣會衰老，但目睹別人這樣老態龍鍾，我也會煩惱、羞恥，和嫌惡……此事對我來說極不適合，當我這樣觀察的時候，青年時期的年輕幹勁全部消失……。」

由此看來，年輕的悉達多王子對老、病、死懷有極敏感的恐懼。他一想到人人終究會死，就突然不安起來。譬如目睹別人的親友死亡，就悲痛極了。同時聯想到自己的妻兒總有一天也會死去。當然，自己也不能倖免。有時，他想拋棄這種思想，乾脆陶醉在玩樂生活裏，不再去思考人們的死亡問題，就像其他人一樣過著平凡的日子，即凡夫俗子的生活。

依一般人看，若一直想到死的事情，簡直神經有問題，當時，印度人認為有輪迴存在，死後會去另一個世界生存，但其間必須要經驗死的恐懼。這一來，死的煩惱就要永遠持續下去。

換句話說，生命本身不是死了就能一了百了，既然如此，那麼，有無方法可以脫離這種輪迴之苦呢？於是，年輕的悉達多王子為了找尋解脫方法，就毅然離宮去出家修行。

還有佛教徒耳熟能詳悉達多王子出家以前，有過四門出遊的經驗，期間，他遇到老人、病人和死人，諸如此事在當時司空見慣，一般人看到也無動於衷，見怪不怪。

但是，悉達多看了思潮迭起，非常沮喪。他不斷暗忖：

「人們把自己的老、病、死看成自然現象，但內心又嫌惡和恐懼，這不是很可憐嗎？」同時，他不禁想到自己的存在，青春，兒女，妻子，王國和學問等一切擁有的東西，到頭來都是空的，於是，他決心要找尋答案。

可見美猴王與悉達多都有不同凡響的善根，對生命本質有超乎常人的敏感和深刻觀察，也都有勇氣去追求解決之道。

三、彼道非此道　目標不一致

孫悟空一心想學長生不老術，就前往南瞻部洲，可是無緣得遇，浪費了八九年，之後橫渡西洋大海，心想海外必有神仙。到了西牛賀洲，遇到一位祖師，孫悟空總算如願以償，學到長生不老術和七十二變化的神通，奈因他太得意忘形，遭祖師斥喝一頓後，就被趕出師門，回到花果山。

且說悉達多離開故鄉後，渡過恒河，來到摩訶陀國，走訪著名的宗教師阿羅羅仙，很快學會「無所有處」的禪定境界，那是一種完全超越外界，以及自己內心活動的狀態。阿羅羅仙目睹對方能在短時間內，便能到達自己花費畢生才抵達的境界，十分吃驚。悉達多覺得這樣不能到達涅槃，就辭別了阿羅羅仙，之後又走訪鬱陀羅，學到了「非想非非想處」定的境界，悉達多仍覺不滿足，就想靠自己開悟，於是，他去王舍城西邊的尼連禪河附近苦行。結果，他變成皮包骨，雙眼下陷，皮膚漆黑，苦行六年，受盡折磨，也仍然不能得到內心的平靜，只是陷入為苦行而苦行的執著罷了。

之後，悉達多拋棄苦行，獨自坐在菩提樹下大徹大悟，他的內心始從無明的污穢下得到解脫。同時，他生起一切智，不再有生，苦和死等生死的輪迴。到此為止，黑暗的無明已經消失，生起了無邊智慧，成了一位真正覺者。

那麼，釋尊（悉達多證悟後）證得了什麼呢？就是十二緣起。應用這套緣起觀，追溯出苦惱的根本原因在無明，也只有消滅無明，才能消滅苦。詳述於下：

我們平常為何有煩惱呢？因有老與死才有苦。那為何有老死呢？因為有生才有會有老死。那為何會生存呢？因有執著（取），才會有生存。為何有執著呢？因為有渴愛的緣故。為何有渴愛呢？因為有感覺（愛）的緣故。為何有感覺呢？因為有接觸的緣故。為何有接觸呢？因為人有六種知覺器官（六入——眼耳鼻舌身意），為何有知覺器官呢？因有精神與肉體。為何有精神與肉體呢？因為有識的緣故，為何有識呢？因為有行為的緣故。為何有行為呢？因在我們意識下有無明（無知）之故。

總之，佛道完全不同於仙道，《華嚴經》法界品提到一位善財童子也為了追求覺悟之道，迢迢千里，前後參訪過五十三位大菩薩，得到了很多寶貴的指點，但也都不是求學長生不老術，而是究竟解脫之前的菩薩行。

《付法藏因緣傳》提到龍樹菩薩，年輕時才學卓越，先學會隱身術，便沈溺酒色，之後發心求道，而那套大道亦是解脫煩惱的佛道，先研習小乘，便心生傲慢，自稱一切智人，之後又學大乘，才有更大覺悟，明白了更多佛道。

在中外佛教史上，有過許多高僧大德，不惜遠離故鄉，冒著生命危險到外國追求佛道，結果如願以償。例如日本道元禪師在宋朝時來中國參訪天童山如淨和尚，悟解了「心塵脫落」才返國。中國東晉時代有一位法顯大師，到了半百年紀，仍然熱心去印度追求佛道，前後費時十七年，並帶回許多經典到中國。

還有更膾炙人口，也是本書主角的玄奘大師，都是熱心於佛道追求的最好風範，但是，他們的道心愛心永遠利益眾生，絕非仙家那種談玄說妙，虛無飄緲的內容。

四、佛道有神通　來源不相同

《西遊記》內容的最大特色，就是神通部份太多，依現代人看來，未免胡說八道，不值一談，其實也未必……。

談到神通，佛道也有，但兩者的內涵和理念大不相同，佛道有如下述六種神通——神足通、天耳通、他心通、宿命通、天眼通和漏盡通，但是，這些是佛菩薩依禪定與戒定慧功德所示現的六種無礙自在，超人間的妙力。現在分別說明於下：

㈠、**神足通**：又叫神通或如意通，它分為三種，一是隨心所欲，可以飛行到任何地方；二是隨意改變相狀的變化；三是隨意自在，這是唯有佛才具有的。

㈡、**天眼通**：能見六道眾生生死苦樂之相，及世間一切種種形色，無有障礙。

㈢、**天耳通**：能聞六道眾生苦樂憂喜的言語，及世間各種聲音。

㈣、**他心通**：能知六道眾生心中所想的事情。

㈤、**宿命通**：能知自身及六道眾生千百萬世宿命，及他們所作的事情。

㈥、**漏盡通**：能斷盡一切三界見思惑，不受三界生死，即斷盡煩惱，永不再生於迷界的悟力。

再因佛道神通可以靠自己的努力證得，不需別人傳授，且佛道神通不能究竟解脫，縱使證得神通，既不能長生不老，亦無法真正快樂。

據說古印度的外道也有極高的神通，依據《俱舍論》記載，五種神通係依修四禪而得，不唯聖者獨有，凡夫亦可得；但漏盡通唯聖者可得，所以，凡修得五神通的仙人，即稱為五通仙人……。

有關孫悟空的七十二變化神通，在他大鬧天宮和後來西天路上展現次數太多了，恕不贅述，但在佛經故事中亦有類似記載，不妨列述幾篇於下：

《生經》卷四——某年，釋尊率徒眾前往波羅奈國，某日有五百名兒童到河邊遊玩，忽然大雨傾盆，造成河水暴漲，頃刻間把所有孩童沖走了，他們的父母親悲泣之餘，雖然到處找尋屍體，但卻一個也找不到。佛陀聞悉此事，除了安慰他們，還運用神通把五百名幼童從天界叫下來，只見天空出現五百名幼童，一面散花供養佛，一面頂禮佛陀……。

《維摩詰經》——……維摩詰居士聽文殊菩薩的回答，即刻運用神通，使須彌燈王佛以崇高寬大的莊嚴，把清淨的三萬二千師子座，運到維摩詰的房間來，這個房間原本空著，現在竟能置放三萬二千部，高寬八萬四千由旬的師子座，跟隨文殊前來的一群佛門弟子，目睹這樣奇妙現象，都不勝驚異。

「文殊菩薩，遠來的諸位佛門弟子，請大家隨意坐在這個高床上吧！」

維摩詰居士催促大家就座。

已經修得神通的諸位菩薩，無不各顯神通，紛紛就坐在這高尚莊嚴的床上。但舍利弗等佛門弟子，不論如何高飛，皆因床位太高太寬，而一直無法飛到床上，只有眼睜睜地以羨慕與奇異的眼光，看著諸菩薩表現非凡的能力。百般無奈下，使旁觀的維摩詰居士忍不住譏諷地催促說道：

「舍利弗，你怎麼飛昇不起來呢？剛才不是埋怨沒有座位嗎？現在趕快飛起來呀！」

「居士，床位又高又寬，我實在飛不起來。」

「如果靠自身力量飛不起來，不妨一心禮拜和祈念須彌燈王佛，自然就能騰身飛躍了。」

舍利弗和其他聲聞，果然依照居士的指點，一心禮拜，和祈念須彌燈王佛，在佛的加持下，果然飛到高床上坐了。此時，聲聞等人更加相信佛陀的力量，舍利弗吃驚地說道：

「居士，我們以前不曾看過這麼小的房間，竟能安放這麼多又高又大，而又莊嚴清淨的師子座，實在不可思議。」

「舍利弗，諸佛菩薩全都能脫離各種拘束，到達超俗無憂的境界，乃意指涅槃的奇妙。倘若菩薩得此涅槃，再高大的須彌山也能收進細微的芥子裏；四大海的水，也能被放入毛穴中。舍利弗！凡獲得涅槃的菩薩，只要大顯神通，就能呈現佛身，帝釋天王，或梵天王等身形，隨心所欲，因時因地，變化全世界各種聲音，其神通無邊，奧妙無窮，不勝枚舉，菩薩功德實在偉大呢！」居士把諸菩薩的功德實例，親自顯現給大家觀賞，並加稱讚……。

這段經文把佛菩薩的神通奧妙描寫得很詳盡，跟孫悟空的七十二變化術完全不同。再看《法句譬喻經》幾則記載：

㈠、古印度有一位婆羅門國王，信奉九十六種外道邪教，一天，他忽然生起善心，要以七寶實行大布施，凡是來乞討者，便讓他取一撮去。他這樣布施好幾天，結果七寶數量竟然都沒有減少。

佛陀知道這位國王宿世有福報，應當要度化，便化身一位出家修行人，來到這個國家。

國王見了他，便問他說：「你有什麼需求？儘管告訴我好了。」

修行人答說：「我想要些珠寶，拿去蓋一間房子。」國王說：「好吧！你自己拿一撮去。」修行人拿走一撮珠寶，但才走七步，又回來把珠寶放在原處。國王問他為何不拿走？對方說：「我還要娶妻，這一點珠寶不夠用，不要也罷！」國王說：「那麼，你拿三撮去吧！」修行人拿走後，走了七步又歸還原處。國王又問他為什麼不要拿？修行人說：「這些不夠我買田地奴婢，所以不拿算了。」國王說：「那麼，你拿七撮去吧！」修行人拿走後又送回來還了，這一來，國王就要把所有珠寶都送給他，但對方又說不要了。

國王覺得此人很古怪，修行人趁機說道：

「我本來以乞食為生，但一想到人命短暫，萬物無常，即使財寶如山，也無益於己，如果貪心不止，想這想那，也是自找苦吃，不如停息貪念，我才放棄那些珠寶。」

國王聽了頗有領悟，修行人便顯現佛的金光瑞相，升騰空中，為國王說偈……國王目睹佛的光明瑞相，遍照天地，歡喜之餘，即率群臣受了五戒，證得初果。

㈡、佛住在舍衛國時代，該國東南海上有一個島，島上一大片華香樹，樹木清淨芬芳，那時，島上有五百位婆羅門女，信奉外道，精進受戒，但不知有佛。她們認為女人常被身口意所拘絆，不得自在，且生命短促，不如精進持齋，求生梵天，長命不死，這樣就能遠離一切罪過，不再有任何憂患。

佛陀知道這群婦女應該度化，便與弟子們、菩薩、天龍鬼神等，飛昇到這個島上，坐在樹下。那些婦女看到大眾飛來島上，以為是梵天神明降臨，非常高興。此時，一位天人告訴她們說：

「這位聖者不是大梵天神，他是三界之尊，稱為『佛』的大覺者，他已度化無數眾生出離三界了。」

總之，神通抵不過業力，每個人都有神通的潛能，修行到家自然會展現，它本身無所謂好壞，只有高低深淺的程度，倘若修到神通，心術不正的話，就彷彿惡魔擁有大法術，只會毒害人間，擾亂社會，只有德行，心意善良的人，有了神通，才能造福人群。

但佛教神通更超越這種解釋，有神通不如有智慧，只有靠智慧才能解脫一切煩惱，故會神通的人不一定沒有煩惱，這一來，有神通又有什麼意義？有什麼價值呢？

《雜寶雜經》下則說話，便知分曉——

某座深山住著兩位仙人，一位年老，而另一位年輕。老仙人的功力很高深，練有五種神通，而年輕仙人卻沒有半點兒道行。

老仙人經常靠神通到另一個神仙世界，帶回現世罕見的山珍海味，與年輕仙人共享口福，他有時昇上忉利天，拿回天人的食物，送給年輕仙人，覺得滿有樂趣，年輕仙人看了老仙人來去自如的神通，極想自己也有這份能耐。一天，他忍不住向老仙人吐露心願。老仙人聽了對他說：

「只要本著慈善心，便能如願以償。倘若不懷好意，得到神通力，反而會毒害人間，危害社會。所以，你得先在這方面有所覺悟才行。」

即使老仙人再三警告，但是，年輕仙人也不斷表示自己殷切的期望及絕無惡意，老仙人終於允許教他五種神通力。

不久，年輕仙人也學會了五神通，不時在大庭廣眾面前，展現不可思議的神通力。結果，他的聲望日高，顯然把神通力當作世間沽名釣譽的工具了，反而把老仙人看作眼中釘，絆腳石，因為老仙人存在對他的發展很不利。於是，他到處說老仙人的壞話，甚至口出誹謗。結果，他辛苦學到的神通力反而失去了。

國內老百姓知悉此事的來龍去脈後，除了一致讚嘆老仙人的德行，也不斷喝斥年輕仙人的心胸狹窄，德行卑賤。最後，還把他驅出城外，不讓他回來。

一九九八年五月三日，世界日報有下則報載：西藏精神領袖達賴喇嘛，與來自台灣法鼓山的聖嚴法師，在紐約展開一場精彩的對話，歷程約有三個小時，現場有兩千多位聽眾，其中談到佛教內是否有「神通」的問題，兩人都認為有神通存在。達賴是以自己的老師具有他心通來肯定有神通，他並說每個人都有神通種子的能力。不過，達賴也以充滿智慧的口吻說道：

「假裝有神通的人是否有神通，我不知道，至於有些人說有神通，你們可要懷疑。」

聖嚴則表示，如果說佛教不相信有神通是不對的。他指出，釋迦牟尼佛在世時曾告訴弟子不要隨便使用神通，尤其中國禪宗特別禁止弟子表現神通，或說神通。聖嚴法師說，愚蠢的人希望神通能來幫助自己，有智慧的人則是用智慧來處理問題。而用智慧來幫助自己是一勞永逸的辦法，神通只能暫時解決問題。

佛教的神通觀說到此為止，讀者們明白了以後，再讀一遍《西遊記》時，肯定有不一樣的態度和心情，至少不會對神通產生誤解和沉迷……。

五、長生不老　生老病死

孫悟空當初貪生怕死，畏懼生命的無常，才到處訪仙想學長生不老術，那是一種什麼法術呢？事實有可能嗎？據《太上純陽真經》（不是佛經）說，長生不老是修養肉身，使它永久生存人間，既不會衰老，也不會死了，而孫悟空就一直夢想活下去……這是荒謬又違反佛教。

佛教明智的點出生老病死是所有眾生的苦惱，很自然又不能逃避的現象，故不能漠視，反而更要重視和超越它；惟有這樣，才能找到生命的永久幸福。佛教所謂永遠福樂，即涅槃寂靜，跟長生不老和各種神通的意思完全兩回事。《舊雜譬喻經》有一則膾炙人口的故事——

一位老太婆失去了獨生子，屍體早已埋在地下，但她仍每天以淚洗面，悲傷極了。

「我的寶貝兒子先我而去，我活下去也沒意思，不如跟他一塊兒去。」

她內心不斷這樣尋思，不吃不睡。一天，佛陀從遠地經過這裏，滿懷慈悲地問她怎麼啦？她據實奉告，佛陀問她：「你寧願自己死去，也要讓兒子活下去，你這樣想嗎？」

「是的！你能幫我這個大忙嗎？」老太婆問。

佛陀答說：「你只要拿火過來，我就能用法力，讓你的兒子復活。不過，這個火必須來自未曾有過死人的家庭，否則，我作法也無效，你兒子也不能復活。」

老太婆挨家挨戶去找火，結果，大家都回答說：

「自從老祖宗以來，誰家裏沒有死過人呢？」

當然，老太婆拿不到火了，只好失望地回來稟告佛說：

「家家戶戶都有死過人，我沒法找到火。」

「本來如此，從開天闢地以來，世間沒有不死之人，所有活著的人，都想要活下去，而你硬要跟兒子一塊兒死，這不是執迷不悟嗎？」

老太婆聽了如夢初醒，才不去尋死。

誰若執迷長生不老，便是愚癡，且會痛苦不堪。佛教認為人的生命，由物質的色，和精神的識，加上心理活動所產生的作用——「受、想、行」三者聚合而成的，而這「色受想行識」也只是條件的組合，暫時存在而已；如果組合的因緣不具足，生命便歸於幻滅。長生不老的追求者，完全誤認五蘊（色受想行識）和合的身體可以永遠不滅，並執著為真實的自我，繼而產生種種貪戀，殊不知不但自己作不了主，天地間任誰也作不了主，故不能強求妄想，自尋苦惱，《大智度論》說：「生死輪載人，諸煩惱結使，大力自在轉，無人能禁止。」

佛陀自身也不能長生不老，照樣難逃肉體的成住壞滅的無常結局，下列佛陀傳中有段描述：

佛陀最後一次住在毗舍離，年紀老邁，便告訴徒眾說：「諸般事象皆已去矣，諸位要努力修行，三個月後我要去世，我的年紀大了，我的生命快要結束了，我要離開你們而去矣。我已經皈依自己了，你們要勤於修行，好好守戒，藉思惟來統一自己的心，只要能夠這樣，就能捨棄生命的輪迴，結束苦難。」

後來，佛陀到了尼連禪河畔的拘尸那城附近，這裏有婆羅雙樹林，佛陀到了這裏再也走不動了，就吩咐隨身服侍的阿難在婆羅雙樹間，鋪成一個床，準備讓他入滅。

阿難忍不住悽然下淚，佛陀反而好言安慰他說：

「阿難！你不要哭呀！我平時不是常常說過嗎？不論怎樣心愛的人，總有一天要分別的，凡是有生命的東西，沒有不毀滅的呀……。」

最後，佛陀一再告訴徒眾說：「一切事物都會毀滅，切勿怠惰，精進修持，解脫罪業。」話一說完，佛陀進了禪定，從初禪到滅盡定，反覆歷經各種禪定階段，最後進入第四禪時，他終於入滅了，也就是進入完全涅槃。

本題主旨在生死問題，從因緣和合的觀點說，天下有情生命的身體是有生必有死，如從無為法（不是因緣法）的自性上說，就無生無死了。這意謂肉身會死，而精神慧命即是我們的佛性，卻不是因緣所生法，所以，這不可以說生，也不可以說死。涅槃是不生不滅，不生不死的，而入涅槃是學佛的最後目標，但它絕不是人云亦云的長生不老……。

六、呪術應用　佛道都有

孫悟空經常念聲呪語，就開始搖身一變，或接著大顯神通；唐僧亦靠一套「緊箍呪」的呪語，隨心所欲控制孫悟空，同樣地，許多妖精也有一套呪語或真言，那麼，呪語是什麼呢？佛教也有呪語嗎？若有，那它是佛教所獨有的嗎？佛教重視它嗎？

呪語或真言，乃是一種具有特殊靈力的祕密語言，不能用普通言語來表達，例如祈願時必須唱誦某種祕密章句，或向神明禱告，讓怨敵遭到災害，祈求自己得到利益時所誦念的密語。

印度古吠陀中已經有咒語，依據《長阿含經》說，佛陀曾經駁斥咒術，但依《雜阿含經》卷九說，佛陀為舍利弗宣說毒蛇護身咒，所以，咒術早年在印度很盛行，且為佛教所採用了。

大乘教派的《般若經》、《法華經》、《寶積經》、《大集經》、《金光明經》、《楞伽經》等顯教經典，都有陀羅尼品記述咒文，而密教更加重視咒語，若肯誦讀觀想，便能得到成佛的好處。

經典中記載的咒別很多，例如《阿摩晝經》、《梵動經》有水火咒，安宅咒；《四分律》、《十誦律》有治腹內蟲病咒，世俗降伏外道咒；《摩登伽經》有婆羅門咒，首陀神咒……等。

咒有善咒與惡咒，前者如為人治病，或用來護身；後者如咒詛他人，使對方遭受災害。例如《法華經》普門品、《舊華嚴經》、《十地經》等，皆有這類惡性呪語，使用惡呪的惡鬼南毗陀羅（起屍鬼）等。佛教禁止弟子修習呪術，不許靠呪術謀生，僅允許用它來治病或護身。

依《觀無量壽經》說，「有壞人能行幻惑呪術，令惡五延長壽命，而多日不死。」依《金光明最勝王經》說，「呪師教其發弘誓願，永斷眾惡，常修諸善，於諸有情與大悲心。」

佛教傳入中國初期，不少外國僧侶擅長呪術，例如，北涼曇無讖被稱為西域廣大呪師。中國道教亦行呪術，例如《抱朴子・內篇》記載：「六甲祕呪」，此呪可令人在戰鬥中免於死傷。《太上紫微中天七元真經》列有「北斗七星呪」等。同樣地，佛教的《灌頂經》、《釋摩訂衍論》記述不少神呪，符呪。這些都被引到道教經典中，這是兩教的呪互相影響的例證。

唐玄奘譯《呪五首經》，又稱「呪五首」、「能滅眾罪千轉陀羅尼經」。

收在大正藏第二十冊內，內容僅列出五項咒文：

㈠、能滅眾非千轉陀羅尼咒。

㈡、六字咒（文殊文字真言）。

㈢、七俱胝佛咒。

㈣、一切如來隨心咒。

㈤、視自在菩薩隨心咒等（以上摘要自《佛光大辭典》四）。

膾炙人口的《摩訶般若波羅密多心經》的最後一段是：

故知般若波羅密多是大神呪　是大明呪　是無上呪　是無等等呪　能除一切苦　真實不虛　故說般若波羅密多呪　即說呪曰　揭諦揭諦　波羅揭諦　波羅僧揭諦　菩提薩婆訶

另有《往生淨土神呪》，俗稱《往生呪》，敘述於下：

南無阿彌哆婆夜　哆他伽哆夜　哆地夜他　阿彌利都婆毗　阿彌利哆

悉耽婆毗　阿彌利哆　毗迦蘭帝　阿彌利哆　毗迦蘭多　伽彌膩　伽伽那

枳多迦利　娑婆訶

七、兩者地理觀　完全不相同

《西遊記》提到四大部洲，即東邊的東勝神洲，北邊有北俱盧洲，西方為西牛賀洲，南部是南贍部洲，而中國唐朝位在南部的南贍部洲，花果山位於東勝神洲……佛經的確有這四大部洲的記載，而且東西南北的洲名也相同。這涉及佛教的宇宙觀與地理觀，今且列舉兩位佛學者的解說，以明真相。

一位是日本東海大學定方晟教授，依據印度五世紀時期的佛教作品《俱舍論》，而寫一本《須彌山與極樂世界》（台灣大展版）。其中談到佛教的四洲說，摘要於下：

佛教宇宙觀裏，想像出一個風輪浮現於虛空中，它好像圓盤形狀，圓周有「無數」，不是指無限，而是指很大數目的一個單位，即等於一〇五九由旬，而圓周與直徑比例為三比一，上面有個水輪，形狀像圓盤，直徑有一百二十萬三千四百五十由旬，厚度有八十萬由旬，水輪上面有個金輪，形狀也像圓盤，表面有山峰、海洋和島嶼。金輪上面有九座山，中央有一座須彌山，圍繞它有七座同心的正方形山脈。從內側開始叫起，每座山脈的名稱是，持雙、持軸、檐木、善見、馬耳、象耳、尼民達羅。

尼民達羅山的外側有四個洲（**島或大陸**）。位於須彌山東角有一個東勝神洲，南角有南贍部洲，西角有西牛賀洲，北角有北俱盧洲。

金輪上有八個回廊狀海洋。在上述回廊狀山脈之間，每個都形成一個大海。內側七個海是淡水海，只有外邊的大海才是鹹水海。鹹水海裏浮現四個島（洲），也就是上述四洲。它們四洲的形狀都不同，東邊島呈現半月形

（浮現外孤狀），南邊島呈現台形，西邊島呈現圓形，北邊島呈現正方形。

東邊島形狀等於另一個平行弦切掉半個月亮，大弦的長有二千由旬，小弦長有三百五十由旬，兩孤長各為二千由旬。

南邊島呈現台形，幾乎可說為三角形的台形，下邊為二千由旬，上邊三，五由旬，斜邊各為二千由旬，西島是圓形，直徑為二千五百由旬，北島是個正方形，每邊有二千由旬。

南島南贍部洲是我們居住的世界（閻浮提），乍見下，它係依據印亞陸形狀，該島北邊有一座雪山，其實就是現在的喜馬拉雅山。從這座雪山的例了裏，可知南贍部洲這個觀念，是印度人具體的地理知識所組成，南贍部洲南邊兩旁有兩個附屬的島——遮末羅和筏羅遮末羅。南端以東那個島，顯然相當於錫蘭島，西側有拉卡德島群島和馬魯德烏群島，比起錫蘭島來，不外是一群小島的聚集。

這個世界形象是印度人以自己為中心，認同我們的世界「南瞻部洲」，即是印度的形狀。在印度人的世界觀裏，總有一種中心思想，即無意識地認定喜馬拉雅山既然存在，對於南瞻部洲來說，那是一座雪山，也是金輪上的須彌山。

印順導師在《佛法概論》裏，也提到須彌山與四洲的問題。導師指出以往所謂須彌山在大海中，為世界的中心。山的四面有四洲，即南邊的閻浮提，東邊的毗提訶，西邊有瞿陀尼，北邊有拘羅洲。四洲在鹹水海中，此外有七重山，七重海在層層圍繞，最外邊有鐵圍山。

須彌山深入大海，山中間即四方有四嶽，那是四大王眾天的住處……這樣的世界與現代所知的世界不同。

以我們所住的地球來說，一般解說都以為是南邊閻浮提。閻浮提是印度人對印度的自稱，來為印度專名。佛法傳到中國，致使閻浮提也擴大到中國來。到近代，這個世界範圍擴大了，地球與閻浮提的關係究竟如何？

以科學的佛法者說：須彌山即是北極，四大洲即這個地球上的大陸，閻浮提限於亞洲一帶。真現實者說：須彌山系即一太陽系，水、金、地、火四行星即四大洲……我相信古代的須彌山與四洲說，大體是近於事實的。

須彌山的梵語為須彌盧，與喜馬拉雅山的梵語接近，這確是世間惟一的高山。山南的閻浮提，從閻浮提河得名，這即是恒河上流——閻浮提河流域。毗提訶，本為摩竭陀王朝興起以前，東方的有力王朝，在恒河下流，現為巴特那以北的地方。瞿陀尼譯為牛賀，這是遊牧區。「所有市易，或以牛羊，或摩尼寶」（**起世經卷七**）；與印度西北的情形相合。拘羅，即福地，本為婆羅門教發源地，在薩特別支河與閻浮提河間——閻浮提以北，受著印度人的景仰尊重。

釋尊以前，印度早有了四洲的傳說。當時，以神聖住處的須彌山為中心，山南的恒河上流為南洲，向東為東洲，向西為西洲，而一向推重的拘羅已經沒落，所以傳說為山的那邊。印度人自稱為南閻浮提，可見為拘羅已沒落，而發展到恒河上流時代的傳說，那時東方王朝毗提訶，還不是印度雅利安人的征服區。四洲與輪王統一四洲說相連繫；這是雅利安人到達恒河上流，開始統一全印度的企圖與自信的預言……當時的四洲說，還沒有包括德干高原。這一近於事實的世界，等到印度人擴大視線到全印度，發現海岸，於是或說四洲在海中；南閻浮提即印度全境；而事實上的須彌山，不能不與實際的雪山分為二了。總之，從古典去考察，佛陀雖採用世俗的須彌四洲說，大致與事實不遠。我以為，現實的科學的佛法，應從傳說中考尋早期的傳說，從不違現代世俗的立場，接受或否定他，決不可牽強附會了事。

（『佛法概論』一二四——一二七頁）

再看《佛光大辭典》對四洲的解說：古代印度人的世界觀，謂在須彌山四方，七金山與大鐵圍山間之鹹海中，有四個大洲。又稱四大部洲，四大洲，四天下，四洲形量。

據《大唐西域記》卷一，《俱舍論光記》卷八記載，四洲即是：

㈠東勝身洲，略稱勝神。因其身形殊勝，故稱勝身。地形如半月，人面亦如半月。

㈡是南瞻部洲，舊稱南閻浮提，地形如車箱，人面亦然。

㈢是西牛賀洲，舊稱西瞿耶尼。因牛行貿易而得名，地形如滿目，人面亦然。

㈣是北俱蘆洲，因其地勝於上述三洲而得名。地形正方，猶如池沼，人面亦然。日、月、星辰圍繞於須彌山腹，普照四天下。

又四大洲各有二中洲與五百小洲，四大洲與八中洲皆住人，二千小洲則住人或不住人，北洲的果報最勝，樂多苦少，惟無佛出世，故為八難之一。

八、地獄情狀 大同小異

第十一回描述「十八層地獄」的情狀如下：

吊筋獄、幽枉獄、火坑獄、寂寂寥寥、煩煩惱惱，盡皆是生前作下千般業，死後通來受罪名。酆都獄、拔舌獄、剝皮獄、哭哭啼啼、悽悽慘慘，只因不忠不孝傷天理，佛口蛇心墮此門。磨推獄、碓搗獄、車崩獄、板開肉綻、抹嘴咨牙，乃是瞞心昧已不公道，巧語花言暗損人。寒冰獄、脫殼獄、抽腸獄、垢面蓬頭，愁眉皺眼都是大斗小秤欺痴愚，致使災屯累自身。油鍋獄、黑暗獄、刀山獄，戰戰兢兢，悲悲切切，皆因強暴欺良善，藏頭縮頸苦伶仃。血池獄、阿鼻獄、秤杆獄、脫板露骨、折臂斷筋、也只為謀財害命，宰畜屠生，墮落千年難解釋，沉淪永世不翻身。一個個緊縛牢拴，繩纏索綁，差些赤髮鬼、黑臉鬼、長鎗短箭；牛頭鬼、馬面鬼，鐵簡銅鎚；祗打得皺眉苦面血淋淋，叫地叫天無救應——正是人生卻莫把心欺，神鬼昭彰放過誰？善惡到頭終有報，只爭來快與來遲。

沒錯，置身地獄的眾生都是生前作姦犯科，胡作非為，但佛經記載的地獄名稱與內涵大同小異。例如：

(一)《十八泥犁經》所載十八層地獄是：先就手、居盧倅略、乘居都、樓、旁卒、草烏卑次、都意難旦、不盧都般呼、烏竟都、泥盧都、烏略、烏滿、烏藉、烏呼、須健渠、末頭乾直呼、伍浦塗、沈莫。

(二)《曲園雜慕引問地獄經》所載的地獄是：泥犁、刀山、沸沙、沸屬、黑身、火車、鑊湯、鐵床、嵫山、寒冰、剝皮、畜生、刀兵、鐵磨、冰地獄、鐵箭、蛆蟲、烊銅等地獄。

(三)《大藏經》卷十六，一七五頁以下記載「八大地獄」是：

等活、黑繩、會會、叫喚、大叫喚、熱、大熱、阿鼻，除了這八大地獄的周圍以外，尚有十六個小地獄，構成同一類，那就是八寒冰與八炎火地獄。八炎火包括炭坑、沸屬、燒林、劍林、刀道、鐵刺林、鹹河、銅橛。八寒包括頞浮多、尼羅浮陀、阿羅羅、阿婆婆、睺睺、漚波羅、波頭摩、摩訶波頭摩。

附帶詳述一下「等活」地獄的情狀（《大藏經》卷十六，一七五頁）一群受罪的人互相爭奪，心懷惡意，非常憤怒，彼此口角，大家手持利刀在斬殺和搶著，用矛相刺，用鐵叉交戰，靠鐵棒互毆，以鐵杖毆打，亦以鐵串相搏。之後又用利刀殺得難解難分，並用鐵瓜互戳，撕裂對方。他們用身上的血液，塗在對方臉上。痛苦與巨毒使人哀號，完全失去了感覺。因為業因太重，致使冷風一吹來，獄卒斥喝呼叫，他們才甦醒過來。

因此，這種所在叫做等活地獄。但待他們甦醒之後，又要開始承受苦毒了。投生到這裏的眾生，都是生前有過眾罪的因緣，濫殺生靈，斬殺牛羊鳥獸，又為了爭奪田園、家屬、奴婢、妻子、王位、財產，而互相殘殺，他們來這裏承受業報和各種苦難。

《西遊記》的地獄，當然出自作者的想像，而非來自佛教經典，由以上可見一斑。

九、投胎轉世　各有因緣

《西遊記》說唐僧的前輩子是如來佛的二徒弟，名叫金蟬子，豬八戒是上天一位蓬元帥臨凡，只因投錯了胎，嘴臉像一個野豬模樣，其實性靈尚存。沙僧也是天界一位捲簾大將臨凡，甚至唐僧坐下那匹馬也有不凡的來歷，牠本是西海龍王的兒子，一隻小龍也，曾在天庭上犯了死罪，幸蒙觀音菩薩救牠一命，後來才當了唐僧的坐騎，可見除了孫悟空外，其他都有不平凡的前世背景，以及某種因緣投生到今世，大家又基於若干現世因緣才湊合一起……。

佛教講三世因果，今世出生做人，不論做夫妻，父子，朋友，師徒或仇敵，也都有其成立因緣，例如下列佛經記載——

㈠《雜寶藏經》第八：某年，釋尊在王舍城靈鷲山說法。迦尸國有五百隻雁成群結隊過著團體生活。雁王叫做賴吒，一位大臣名叫素摩。一天，雁王被獵人逮捕，五百隻雁子全都不顧雁王，而逃之夭夭。只有素摩跟著雁王——賴吒不肯離去，而且懇求獵師說：「請你放走雁王，我願意代替牠。」獵師不聽，反而馬上把賴吒呈獻給國王，國王向賴吒說：「你還好嗎？」

「我蒙受大王的寵恩，喝大王的泉水，享受碧綠的嫩草，活得很自在，各方面都不壞，大王啊！請您放走所有的雁，任牠們在高空飛翔，享受輕鬆的日子好嗎？」

果見雁王管轄的五百隻雁子，紛紛飛到王宮上面盤旋，為雁王向國王求情，國王好生驚異，到底怎麼回事呢？就忍不住問雁王說：「那群雁子是怎麼回事呢？」

「牠們都是我的部屬。」雁王回答。

國王很稱讚雁子與主人的真情，立刻下令各地，禁止獵人捕捉雁子。雁王對國王的慈悲非常感激，說道：

「大王採用仁義治理政務，值得敬佩，世事無常，聳立在東西南北的山峰，無邊無際，一旦倒蹋下來，地上螞蟻與所有生物——包括人類和其他生物，都會被微塵打碎，如果無法逃避，無異沒有去拯救他們。大王呵！一切榮華富貴，都會因為衰滅，而被摧毀消失。一切強壯也會因為疾病而衰弱；所有壯年會因為病痛而慘遭破壞，所有生靈會被巨大死山奪去生命，萬物都難逃死亡。所以，我們要常懷慈悲心，修習正法，以德政當做政治的真諦；

這一來，既使到臨終，也會心無悔意，且下輩子會出生善處，遇見聖賢，逃離生死的輪迴。」

雁王的雄辯，果然打入國王心坎裏，素摩也站在雁王身邊，專心聽法，未發一言，國王雖然佩服雁王滔滔不絕的說法，但也注意素摩那副專心的態度。

「素摩！你為什麼默默不作聲呢？」

「大王呵！我看到本族之王，和人類之王，開誠佈公在暢談治國的要訣，我們做部下插嘴，豈非違反禮貌，有失恭敬心？所以，還是默不作聲才好。」

「你的恭敬心行為真難得，身為卑賤的雁子，竟能表現得這樣忠心耿耿，遠非人類所能及。剛才，你能捨命代雁王頂罪，現在又能節制進退，不插嘴，君臣間的優良表現，人世間所罕見。」

國王讚嘆之餘，就賞給素摩一條黃金項鍊，用白絹裝飾在雁王的頭上，感謝牠的誠意說法，之後放牠飛走了。

雁王是現在的釋尊，素摩是阿難，國王是淨飯王，獵師是提婆達多。

㈡《賢愚經》第二：遠在釋尊出生以前的年代。

有一位慈力王管轄八萬四千個小國，他娶了二百個夫人。國王名符其實，富有慈悲心，常會一視同仁看待天下眾生，他從來沒有違背慈悲，始終用十善來教誨百姓。國王的恩德遍及四方，百姓無不仰慕，致使領地內沒有一個壞人，大家都能安居樂業。

以前，國內潛伏形形色色的惡鬼，牠們常喝百姓的生血，吃百姓肉來過日子。但自慈力王掌管國家大權以後，由於百姓慎行身、口、意三業，各方面實踐十善，致使惡鬼也不敢侵犯百姓，當然也吃不到生血和生肉了，結果，飢餓之餘，力氣衰竭，聲勢消失，再也不能呈現昔日的兇暴了。

這時，有五個夜叉聚集到慈力王的地方。

「大王！你知道我們一夥全靠喝人類的生血，來維持生命，但自您即位以來，因為努力教導百姓勵行十善，才使全境沒有一個壞人。結果，我們這群夜叉再也喝不到生血了，而今所有餓鬼、夜叉都很飢餓，十分苦惱。慈悲的大王呵；請您詳察我們眼前的窘狀，憐惜我們吧！」

一群夜叉和惡鬼苦苦哀求，慈力王聽了也蠻同情牠們的苦境，只好說道：

「你們的確很可憐，那麼，讓我就把身上的血液施捨給你們算了。」

他一說完話，即刻自行刮破身上的血脈，刺傷全身五處，讓鮮血滴滴流下。只見夜叉們各自手持容器，收受鮮血，開口大喝一陣，由於太久不曾嚐到溫暖的生血，難怪牠們全都非常高興，口口聲聲感激國王的慈悲。

「如果你們這樣喝夠了，那麼，以後就該捨棄惡業，發心去實踐十善。

我現在將生血施予你們，拯救你們的飢餓，穩定你們的生命。倘若我今後成佛，也會以法之身，戒定慧之血，來解除你們三毒慾望的飢渴，給予涅槃的安樂。」慈力王許下了這個宏大誓願。

這位慈力王就是現在的釋尊，當時五個夜叉，是現在的五比丘——憍陳如、婆提、摩訶摩男、婆敷、阿濕鼻。

父族三人——①阿鞞（馬勝）②跋提（小賢）③摩訶男（拘利）。

母族二人——①憍陳那（最初解）②十力迦葉（飲光）。

十、妖精鬼怪　因緣果報

《西遊記》出現的妖精鬼怪，可說不計其數，光是死在孫悟空手下者也多得不勝枚舉，就以他們的出身來說，無疑五花八門，形狀和相貌也無奇不有；若從佛教徒的立場看，這群非人類也算芸芸眾生，有其貪、瞋、癡、慢、疑和邪見等苦惱，照樣需要救度，然而，他們所以會落成這種身相，不能出生做人類，也是由於自己的因果報應所使然，而不是上天刻意安排的結果。《楞嚴經》的記載，就把那些非人類的眾生的因緣，作一番簡要的歸類。

佛陀說，天下眾生由於虛妄而生顛倒，再因顛倒產生輪迴，而輪迴又依不同屬性，產生以下十二類眾生——

卵生：要具足父緣、母緣，自己的業緣和暖緣等因緣才能得生。因為這些因緣讓他們攀附想生，想即是幻覺虛妄，由於虛妄幻想，才生出世界虛妄的輪迴，因為世界顛倒，眾生顛倒，才會仰天俯地，忽上忽下，東逃西竄，產生了惑業，再和氣交和，歸類出卵生的屬性，故和成八萬四千種的飛沉亂想，因而受了身孕，便生出魚、鳥、龜、蛇等類。

胎生：要具足父緣、母緣，自己的業緣才能得生。由於世界顛倒，眾生顛倒；眾生的自性被雜染了，故從愛慾生出惑業，見有陰陽交合時，便一念闖進來，於是交精成胎，才有八萬四千種的橫豎亂想，繼而生成了人、畜、龍、仙等眾生之類。

濕生：要具足濕潤的業緣，和陽光溫暖等條件才能得生。由於世界顛倒，眾生顛倒，故有了惑業，繼而生出八萬四千種的反覆亂想，結果生出濕生暖化所形成的軟肉，這種軟肉成了蟲類、蠢蠢蠕動。

化生：只要具足業緣，就可以得生。由於世界顛倒，眾生顛倒，這時惑業一來，觸類旁生，無而忽有，就生出八萬四千種的新舊亂想，最後再轉變為蛻化類，因此以蛻變成形為體，如毛毛蟲化為蝴蝶，蠶化為蛾。

有色：由於世界顛倒，眾生顛倒，這類眾生崇拜太陽、月亮、水、火等光明，以為日月水火最偉大，於是惑業一起，便有了八萬四千種的精耀亂想，產生許多眾生，若以欲界的物類來劃分，便生出螢火放光蟲。若以吸取日月精華者來分，精明的就是生成天上色界，初禪天到五不還天的天人（六道眷屬都是眾生，故天人也是眾生）。

無色：由於世界顛倒、眾生顛倒，這類眾生沒有身形，由於他們厭惡身形，以為「空」才是一種境界，雖然自己沒有身形，但也執著要滅身形，還原空無，這種惑業，才生成八萬四千種的陰隱亂想，於是生成了空、散、銷、沉，也就是變成了天上無色界四層的天人。

有想：由於世界顛倒，眾生顛倒，這類眾生是指有身形，但沒有思想，以為無想就可以修成正果，故依惑業生出八萬四千種的枯槁亂想，諸如此種冥頑不化的愚痴行為，便產生了寒岩枯木，或神化金石之類。

非有色：由於世界顛倒，眾生顛倒，這類眾生原來沒有身形，必須依附他物或他身，而成為自己的身形，才能生存。所以，這類眾生狐假虎威，藉別人的聲勢來壯大自己的威風，也因為依惑業，而產生八萬四千種的因依亂想，才會產生像水母附在水中岩洞，或依附草木的鬼神，或寄生在人體的蛔蟲等。

非無色：由於世界顛倒、眾生顛倒，這類眾生不知自性，就是光明功德，反以咒術邪語替代聲音，引發別類眾生的神識，導致背離自性，所以，此類眾生依惑業而生成八萬四千種的呼召亂想，以致流為隨毒咒而作祟的妖怪，或宣稱有占卜凶吉的乩童等。

非有想：由於世界顛倒、眾生顛倒，此類眾生背離真理，以他物為己物，以他子為己子，於是，依惑業而生成八萬四千種迴互亂想，如螟蛉蟲附在蜂房裏，，被細腰蜂化成其子等。

非無想：由於世界顛倒、眾生顛倒，這類眾生本來不是沒有想，而是思想不正確，懷抱歪曲的仇恨怨結，致使殺心不止，依惑業而和合成怪異的八萬四千種食父母想，這是很可怕的眾生，如貓頭鷹又叫不孝鳥，本來不會生蛋，但一直抱著土塊當作自己的孩子，又如破鏡鳥常懷抱毒樹果及其子，但等到孩子長大後，其父母又遭孩子吃掉了。

接著，佛陀談到的鬼形，即是在地獄受刑完畢後，依不同屬性變成的，若以習氣來分類，鬼有以下十類：

㈠貪習的屬性，會變成怪鬼。（遇物成形）

㈡貪淫的屬性，會變成魃鬼。（遇風成形）

㈢貪惑的屬性，會變成魅鬼。（遇畜成形）

㈣貪恨的屬性，會變成蠱毒鬼。（遇蟲成形）

㈤貪憶的屬性，會變成癘鬼。（遇衰成形）

㈥貪傲的屬性，會變成餓鬼。（遇氣成形）

㈦貪罔的屬性，會變成魘鬼。（遇幽成形）

㈧貪明的屬性，會變成魍魎鬼。（遇精成形）

(九)貪成的屬性，會變成役使鬼。（遇明成形）
(十)貪覺的屬性，會變成傳送鬼。（遇人風成形）

從十種惡習因到六種報應，以至鬼報受完之後，從前的情想之債同時抵銷，之後到人間投身為畜生，以償還以前的宿債，畜生報又依屬性可分為以下十類——

物怪之鬼，多變成梟類。（如不孝鳥）
風魃之鬼，多變成異類。（如好淫之禽獸）
畜魅之鬼，多變成狐類。（如狐狸）
蟲蠱之鬼，多變成毒類。（如蛇，蠍）
衰癘之鬼，多變成蛔類。（如蛔蟲，蟯蟲）
受氣之鬼，多變成食類。（如豬，雞，鴨）
綿幽之鬼，多變成服類。（如蠶蟲，貂，馬，駱駝）

和精之鬼，多變成應類。（如春燕，秋雁）

明靈之鬼，多變成休徵諸類。（如能卜吉凶之靈禽異獸）

依人之鬼，多變成循類。（如貓，狗，鴿）

如果得人身，不依菩提正道去修行，只想固守自己一世的色身，求長生不老或不死的人，也可修成十仙——地行仙、飛行仙、遊行仙、空行仙、天行仙、通行仙、道行仙、照行仙、精行仙、絕行仙。但他們都不究竟，仍在輪迴妄想之類，待福報享盡之後，依然落入六道輪迴。（以上摘要自《自性解脫》楞嚴經故事　伊凡著）

還有藏經卷十六第一七五頁上段，也描述菩薩放眼觀察三界（欲界、色界和無色界）和五道（天、人、畜生、餓鬼、地獄）中的芸芸眾生，發現他們全都失去快樂了。例如無色界天——超越慾望與物質世界的天享受禪定，心裏執著它，不能悟解將來生命結束（死後），會墮入欲界（慾望世界）裏生活，會形成鳥類形狀。色界（物質世界）的諸天也一樣，從清淨之處墮落，反而接受邪淫慾念，處在不清淨狀態。欲界的六天在執著五欲的享受，會墮入地獄受苦。

菩薩看到人間眾生，雖有十種善行的福報，才獲得人身，奈何人身苦多於樂，壽命結束時，還會墮入畜生、餓鬼和地獄等惡道裏。

再看那些畜生界，發現牠們忍受許多苦惱，被鞭策得打滾，揹負重擔長途跋涉，頸部被套成洞穴，或慘遭破壞，甚至被熱烘烘的鐵條燃燒著。這是牠們出生為人時，累積惡因惡緣，才會形成現在的象、馬、牛羊、駱駝、鹿等畜生形狀。

許多人邪淫慾望太重，也太過無知，才會生成鵝鳥、鴨、孔雀、鴛鴦、鴿子、雞、海鷗和伯勞等各種身體形狀。這些鳥類有千百種之多，由於邪淫罪過，身上才會生長羽毛，不能平滑，嘴與毛爪，不能辨別微妙感觸。

許多人經常憤怒、瞋恚心重，才會變成毒蛇、昆蟲、蝮蛇、蜈蚣等，含有巨毒的蟲類形狀。

許多笨人屬於蚯蚓、蛾、糞蟲、蟻、蜫、小梟鳥、鴟鵂等種類，成為一群蠢昆蟲，或鳥類形狀。

貪婪、高傲、憤怒等心態嚴重的人，會變成獅子、虎或豹等猛獸身形。

凡是邪見傲慢的人，也會變成驢、駱駝和豬等身形。

那些生性吝嗇、貪婪、嫉妒、輕薄、喧鬧或慌張之徒，將來會變成猿猴、大猿、熊、赤熊等身形。

無恥與貪食之輩，他們的業因使自己將來變成烏、鵲、鳶，鷲等鳥類身形。

輕薄善人的傢伙，會變成雞、狗、狐等身形。

即使有人大行布施，奈因憤怒，心裏不快，也會因此業因而變成龍身。

有人行布施，但心生傲慢，以至動手毆打、欺侮，或折磨生靈的話，也會變成金翅鳥的身形。

由此可見，各種煩惱業因，會造成許多畜生與鳥類的苦惱。

同時，《西遊記》裏數不盡大大小小的妖魔鬼怪，不論形狀、面貌和肢體等如何古怪恐怖，無非都是前輩子的貪、瞋、癡、嫉、慢、忿等心態，或惡劣行為等業因造成的，直到業報結束，才可能脫胎換骨，輪迴到另一世界，而這就是佛教六道輪迴的依據。

關於六道輪迴，請讀《大藏經》卷十六，一七五頁中下兩段，記載十分詳細，原文如下：

菩薩運用天眼觀看眾生在六道（或五道）——天、人、畜生、（阿修羅）、餓鬼、地獄輪迴，並在其間翻滾的情形，意謂眾生在天界死後出生到人間，又在人間死後出生到天上，在天上死後投生地獄，在地獄死後出生天上，在天上死後出生到餓鬼界，在餓鬼界死後，反而出生天上，又在天下死後出生到畜生界，在畜生界死後出生天上；在天上死後又出生天上等情狀。地獄、餓鬼，和畜生的眾生也一樣。

在欲界（慾望世界）死後，會出生到色界（物質世界）。在色界死後出生到欲界，在欲界死後出生到無色界（超越慾望與物質世界），在無色界死後出生到欲界，在欲界死後又出生到欲界裏。色界和無色界情形也跟這個一樣。

在等活地獄死後，出生到黑繩地獄，在黑繩地獄死後，出生到等活地獄，在等活地獄死後，再出生到等活地獄。至於合會地獄與阿鼻地獄的狀況也不例外。

在炭坑地獄死後，出生到沸屎地獄，在沸屎地獄死後，出生到炭坑地獄，在炭坑地獄死後，再出生到炭坑地獄裏，至於燒林地獄，或摩訶波頭摩地獄的情形也一樣。

投胎轉世，生生死死的情形就是如此。總之，在卵生死後轉世為胎生，從胎生死後，轉世為卵生。從卵生再轉世為化生。胎生、溫生、化生（不依靠任何東東，突然出生）的情狀也是如此。

在天王（持國天、增長天、廣目天、多聞天）的地方死後，會出生到三十三天，在三十三天死後，出生到四天王處，在四天王地方死後，再生到四天王處，三十三大與他化自在天的情形亦相同。

在梵眾天上死後，會到梵輔天；在梵輔天上死後，會投生梵眾天；在梵眾天死後，會再生到梵眾生裏，至於其他梵輔天，少光天、無量光天、光著天、少淨天、無量淨天、遍淨天、阿那跋羅伽天、得生天、大果天等情狀亦是如此。

禪定的最終極的空無邊處、識無邊處、無所有處、非有想非無想處等情狀亦不例外。

至於非有想、非無想處死後，會出生阿鼻地獄。

以上是天下眾生在五道（六道）輪迴的情狀，不論生在那一道都會苦惱，只有到涅槃境界才會永遠幸福。

第二章　唐僧真假面面觀

一、取經動機　令人敬佩

《西遊記》說，唐僧俗姓陳，父親名叫陳光蕊，上京考中狀元後，娶了宰相的女兒，走馬上任途中，被一個強盜殺害，妻子也被霸佔了，不久生下一個男孩，被金山寺法明長老收養，取名玄奘，當小沙彌在廟裏修行，之後因緣際會，奉唐太宗的御命到西天取大乘佛經，唐王為了鼓勵玄奘法師，兩人結拜為兄弟，貞觀十三年九月，唐太宗為玄奘寫了取經文牒，用了通行寶印，起程時，唐太宗親自率文武百官送玄奘到長安關外……全篇神話編造得十分美妙，故事描述得有聲有色。

中外歷史學者和佛教學者寫過不少關於唐玄奘的史料研究，其中比較重要的，無疑有《大慈恩寺三藏法師傳》、《大唐西域記》和《續高僧傳》等，還有一位日本歷史兼佛教學者前嶋信次代寫了一本《唐玄奘留學記》，一面依據以上的歷史事實，細嚼消化，一面用自己的筆法，構思與組織方式，有條不紊地寫出來。結果既不失歷史的真實性，亦能保有內容的趣味性，尤其難得的是，該書重點放在唐玄奘的留學經過，而這一點無疑為《西遊記》的內涵，也就是取經過程，本來兩者根本不能相提並論，一種是純學術性質，另一種是神話小說，不論從那一方面說，都是南轅北轍，無法做比較的，若有些正確的歷史常識，和佛學見解，再讀一次神話小說《西遊記》，倒有些意外的樂趣，和不尋常的感嘆，而這也是我寫作本書的真正動機。

依據史書記載，唐僧原來俗名叫陳禕，十歲時死了父親，就被自己的大哥——洛陽淨土寺出家，法號叫做長捷法師——接過去。這個孩童平時不愛跟一般兒童遊玩，常常喜歡一個人埋首書籍，跟隨大哥之後，更有機會接觸佛書了。

隋煬帝年間，陳禕正式在淨土寺出家，法名叫做玄奘。隋朝末年，玄奘兄弟倆來到成都空慧寺，雖然，平時兄弟倆攜手合作，互相照顧，但兩人個性不同，以致後來各奔前程。玄奘性格不易隨順環境，也不能與周邊的人情世故妥協。他在成都住了四年，年滿二十歲，就受了具足戒，但是，他覺得這裏沒有什麼好學了，沒有繼續住下去的必要，又因他無法忍受這樣近乎官場似的生活，便想去長安。

玄奘二十三歲的時候，終於來到長安，進入大覺寺，向道安法師修習俱舍論。當時，長安有兩位最具聲望的和尚——法常和僧辯。法常通曉攝大乘論，僧辯以俱舍論見長。玄奘曾聽過他們講學，結果深得他們兩位的賞識。

誰知那時玄奘也有頗多苦惱，尤其進入佛門十幾年，也曾經遊歷各地，見過不少名師大德，全都發表不同的宗派學說，乍聽下，彷彿各人都把某項問題說得頭頭是道，頗有見地，但跟佛經對照一看，卻有頗多異同。於是引起他的懷疑，佛陀的本義到底在那裏呢？到目前為止，別說自己搞不清楚，甚至請教過許多名師，也都得不到圓滿，或滿意的答案。

這時候，他想不能這樣永遠苦悶下去，惟一解決的辦法，只有到達佛教發源地去請教當地的佛學者了。雖然，前人帶來許多佛經，他想，當地肯定還有許多聞所未聞，見所未見的佛學經典。若能將它拿到中國來，豈非極有意義；尤其，像十七地論（瑜伽師地論）的經典能夠搬回來的話，也許能解答許多疑難。

雖然，他明知從中國去印度非常困難，別說路途遙遠，途中千艱萬險，不過，他一想到前代高僧如法顯、智嚴等人，也曾經到過印度，且能安然回來，彼此都是人，既然他們能做到，為何我不能呢？尋訪天下名師，利益眾生，應該是佛門弟子責無旁貸的事，如能繼承前人的事業，實在很有意義，他心裏不斷這樣尋思。

貞觀元年，玄奘二十六歲時，曾跟幾位志同道合的佛友們商量，如何去西域？依照當時國法規定，如果往西去，只能到玉門關（甘肅省西端），出了玉門關，就禁止交遊。所以，玄奘等人向政府的請願，就被打了回票，在這種情況下，除了玄奘以外，其他人都放棄了西行的念頭。

不久，玄奘又向朝廷請願，結果仍被打回票。一而再，再而三都不能如願，最後，他決心打破國法，要去印度求取佛經。

貞觀元年八月，玄奘果然離開了長安，踏上西行之路，貞觀二年初，也就是玄奘二十七歲春季，玄奘到了高昌，高昌國首都大概在現今新疆吐魯番市以東二十華里所在。玄奘可能在貞觀二年冬季，才跨入印度境內，貞觀九年，玄奘從印度東部到南部，之前，玄奘曾在那爛陀寺追隨戒賢長老研習瑜伽論、純正理論、中論、百論、因明、聲明和集量等，當年在國內碰到許多疑難，幸而得到糾正了。

從此以後，玄奘果然展開了多彩多姿的遊學生活，詳情恕不贅述。

依據史家推測，唐玄奘回國時間，應該在貞觀十五年秋天，也是在他四十歲那年，貞觀十九年元月，玄奘回到長安，當時，唐朝皇帝在洛陽，玄奘謁見時，皇帝曾經問過玄奘說：

「法師何故出發如此匆促呢？」

「玄奘雖然再三奏請皇上核准，但始終得不到准許，而我仰慕真理之情又不能自抑，只好匆匆出境，實在惶恐極了。」

皇帝不斷安慰玄奘說：

「不要緊，法師乃出家身份，當然跟俗人不同，不顧生命危險去求佛法，立志救度眾生，令人敬佩，朕不會怪你的。」

接著，皇帝又問及印度各地的風土人情，最後才說：「你不妨把佛陀國家的見聞詳實寫出來，好讓大家先讀為快吧！」

這就是玄奘執筆《大唐西域記》的因緣；以上是唐玄奘到印度取經的前後概要，若要明白歷史的真相，最起碼也要詳讀以上根據的三本書。綜合史實和《西遊記》的記載，唐玄奘去印度求法或取經，都是一種不尋常的「發心」，這在佛道修行上有非凡的意義和解說。

依據《釋氏要覽》記載，發心有三種：

㈠厭離有為發心，厭惡世間皆是有為之法，能招感三界生死之苦，欲求出離此苦，即發心修行。

㈡所求菩提發心，宿有善本具正知見，欲求出世妙道，即發心修行。

㈢饒益有情發心，起慈悲心，憫念世間一切眾生受盡生死者，即發心修行，願拔其苦而予其樂。

簡言之，唐玄奘可說發大悲心與大願心，前者體恤中國眾生苦惱，誓願救拔；後者係依自己誓願，發無上菩提之心，上求佛道，下化眾生。

二、唐僧風範　絕非膽小

《西遊記》多處說唐僧一聽到強盜，妖怪和其他難處，便嚇得魂飛魄散，戰戰兢兢，坐不穩馬鞍，或滿眼淚水，不知怎麼辦？看來好像膽小如鼠。其實，作者吳承恩筆下的唐僧，跟歷史上的唐玄奘的膽識和勇氣完全相反，真實的唐玄奘早在起程前，就已判知西行路上千艱萬險，困難重重，隨時有喪命之虞，但他不顧一切，依然為佛法向前走，以下有幾段記載，摘自《唐玄奘留學記》（大展版），可以證明一切。

㈠有一天，唐玄奘請來一個名叫石槃陀的胡人作嚮導，夜晚，石槃陀睡在離玄奘五十步左右的位置，玄奘忽然醒來，目睹這個胡人竟然拔出雪亮的劍，窺視自己的方向，玄奘仍然躺著不動，目不轉睛地注視他，他走到距離十步左右就停住了。玄奘起身不斷念觀音菩薩，對方看見玄奘的樣子，似乎也打消了某種陰謀，又回到原處睡覺。

次日清晨，石槃陀忽然勸告玄奘說，前途十分危險，我看你乾脆回去吧！玄奘始終不肯，石槃陀就無意同行，自行離去了，這個心懷不軌的嚮導離開後，玄奘反而鬆了一口氣，獨自向眼前無邊無際的黃色沙漠前進了。

㈡一到夜晚，可怕的燐火到處飄蕩，乍見下，如同繁星閃爍，有時候，還會無故來一陣飛沙走石，聲音悽厲。歷經了五日四夜，疲憊不堪，眼見玄奘躺在沙丘山，正在等死。自己坐下那匹紅馬也好像十分辛苦，倒在主人旁邊，大力地喘息不已。

到了第五個深夜，忽然一陣涼風吹來，玄奘頓覺全身冰冷，才逐漸恢復氣力，視力也躍動了起來……。

㈢玄奘到了印度的迦畢試國，附近有一處龍王洞窟，據說當年佛陀來此收拾一條殘害生靈的惡龍，而今洞中仍有佛陀的影子。玄奘想進去拜佛，乃向當地居民一打聽，始知路途險惡，盜賊頗多，在這兩三年內，有人去探訪亦不見蹤跡，現在幾乎沒有人去了。但是，玄奘堅決要去，便請附近一位老人帶路，向山路前進，果然出現五個盜賊，拿著尖刀走向前來，玄奘摘下帽子，展示法服出來，對方問道：「你到底要去那裏？」「我要去洞窟拜佛影子。」玄奘毅然回答了。「難道你沒聽說這裏經常出現盜賊嗎？」「我的確聽說過有盜賊出沒，只要為了拜佛，成群猛獸尚且不怕，還怕什麼盜賊呢？盜賊還不是跟我一樣是人。」

盜賊們聽到玄奘這麼說，好像心也軟了下來：「和尚說得有理，既然如此，那就一塊兒去拜佛吧！」說完就先走開了。洞口十分黑暗，伸手不見五指，嚮導老人說：

「一直往裏面走，就會碰到岩壁。你向前走五十步就得回頭，向東注視自然能看到佛的蹤影。」

玄奘一直往黑暗處大步前進，果然碰到東側的岩壁，他就依照老人的指示，靜下心來禮拜百餘次，閉目等待……。

㈣玄奘走進那羅僧訶城，穿過市街，進入東邊的森林裏。不料，突然碰到五十多個強盜的襲擊，搶走玄奘和其他隨從者的財物和衣服，而且亮出尖刀追趕玄奘等人。

玄奘等人被追得叫苦不迭，當他們逃到一個乾涸的池邊，終於被他們逮到了，大部份隨從被綁起來殺害了。

玄奘正在危急時，幸好從一個強盜不注意時逃走，另一個和尚護衛他跳入池塘裏。池塘沒有水，卻長滿了有刺灌木，才使他們能潛入逃脫。同行的和尚撥開空隙，走近池塘南邊，發現那裏儲滿了濁水，他拉著玄奘的手，把他的身體躲藏起來，忍不住心驚膽跳地喘息不已。

正在驚慌之際，他們又找到空隙逃出去，往東南方向走了兩三里，始見一個婆羅門正在旱田裏工作，玄奘向他求救時，對方吃了一驚，立刻將近處的水牛解開，引著玄奘等人走向村子，接著，婆羅門猛吹貝殼，敲打大鼓，召集村民，便見一大群村民拿著武器走來，人多勢眾，攻向強盜的地方。

強盜看見對方人多，手持武器，馬上逃回森林裏去，當村民到池岸一看，幸好尚有幾個人沒有被殺死，村民便趕去解開他們身上的繩索，並給衣服他們穿上，當晚，玄奘等人就住在村子裏。

大家忍不住嗚咽悲泣時，只有玄奘一人無所謂的樣子。有人好奇地問他：「你們的衣服和路費都被搶光了，只剩下一條命，實在可憐，你為什麼還能沉得住氣呢？」玄奘答說：「我國古書有句話說：『生命為天地之大寶』，只要能留下最可貴的生命，其他少許衣服和財物的損失有什麼好悲嘆？」

(五)玄奘遊歷了阿踰陀附近的聖跡，就跟八十多位居民同船下恒河，進入東岸的阿耶穆佉國。這裏兩百餘里都是茂密的森林，白天也非常黑暗。這時，潛伏其中的十餘條賊船，紛紛划槳靠近來了。有人看到驚慌之餘，紛紛跳水逃生了。

賊船逼著玄奘的船隻靠岸，強迫他們脫下衣服，並到處找尋貴重物品。因為這群強盜信仰一種殘忍之神——突伽，習慣上，每年秋季要舉行祭祀，所以，一定要到處找尋風度良好，容貌端莊的人，用他們的血肉祭祀殘忍之神。現在，他們看見這群旅客正是自己要找尋的對象，尤其喜歡這位眉清目秀，相貌出眾的唐玄奘。不論體格和風度都是上等人選，強盜互相看了一眼，都異口同聲說：

「這個和尚的相貌實在很俊秀，把他殺來祭祀突伽神，肯定不會錯。」

玄奘聽到強盜的話，立刻說道：

「如果像我這種人祭神有效益的話，那麼，我就不再珍惜性命了，不過，我是從東土來取佛經，求佛法的人，如果壯志未酬，遭到你們殺害，你們恐怕也會有惡報的。」

同船的人也紛紛替玄奘向強盜們哀求，饒他的性命，甚至有人表示說：「如果要殺他，不如殺我好啦！」

可惜，強盜們不理這一套。一個好像賊首的漢子，命令部下到空地去築壇，用泥巴塗上，兩個賊徒拔刀把玄奘拖到祭壇上，就要開始舉行犧牲儀式了。但是，玄奘面不改色，十分鎮定，反而使賊子們心動。

玄奘眼見事已至此，只好把心一橫，勇敢地對強盜說道：「等一下，我要心安理得，歡歡喜喜去另外的世界。」接著，他開始默默祈禱：

「我願來生出生淨土，恭恭敬敬侍候佛菩薩。我要學習瑜伽師地論，聆聽妙法，領悟真理，之後再來塵世，教化這些無惡不作的人，讓他們捨棄各種惡行，引導他們做善事，弘揚佛法，救度天下眾生。」

只見他向十方諸佛行禮後，便正襟危坐，一心不亂，繼續祈禱。說也奇怪，他反而覺得身體突然飄浮到空中……這時，他滿心歡喜，完全忘了自己被逼上祭壇上，死在臨頭，也忘了周圍站著的強盜，更聽不見同行旅伴的哀號哭叫。

忽然天上烏雲密佈，狂風怒號，飛沙走石，大樹折斷，恒河波浪洶濤，船隻頃刻間覆滅了，強盜們非常驚訝，不禁問道：

「這個和尚從那裏來的呢？他到底何許人耶？」

「他遠從東土來求佛法，如果把他殺了，就有無邊罪惡，看啊！天神憤怒，你們還不快些懺悔！」有人回答。

這一來，迷信較深的人都會這樣思索，果見一群強盜伏拜地上，不敢動彈，玄奘連正眼也不看他們，一個強盜還伸手推一下玄奘，玄奘才睜眼問道：「我的死期到了嗎？」強盜們伏拜地上說：「不敢，不敢，我們不敢殺你了，請法師恕罪吧。」玄奘趁機問他們說：

「如果殺人，搶劫，服侍邪神，將會受到苦難，現世如同閃電朝露，你們為什麼要作惡，長期受苦呢？」

強盜說：「以往做惡太多，現在覺悟了，以後不再做了。」

他們彼此商量了片刻，就把武器丟進河裏，搶來的東西也全部歸還原主，之後風平浪靜，強盜們紛紛離去了。

由此看來，唐玄奘臨危不懼的風範，在在破解《西遊記》的顛倒描述。

再就佛道來說，玄奘的修行有以下幾項特色或善法。

首先是他滿懷「信心」，信心是入道的初步，故放在「信、進、念、定、慧」等五根首位。《大智度論》譬喻信心為人的雙手，意謂懂得佛法而無信心的人，彷彿無手的人進入寶山，而無一物可取。《仁王般若經》說，「信心」為菩薩道的始源，而將它放在菩薩位之首。《法句譬喻經》有一則說話，大意是：舍衛國東南方，橫著一條又深又寬的河流，岸上住有五百多戶人家，百姓極無教養，你欺我詐，胡作非為。一天，佛陀用神通化身一個漢子，在水面行走，讓村民大吃一驚，問他何以能在水上走動？佛說：「只要有信心，不疑有他，生死深淵亦能安渡，遑論一條河流？信心所至，一切事都能成功。」

村民聽到「信心」有如此力量，便紛紛皈依佛陀了。

其次為「無貪」，依據《俱舍頌疏》的解釋：「無貪者，謂於已得未得境界，耽著希求相違，無愛染心；名為無貪。」

《舊雜譬喻經》有下則說話，即是好例證：

有一位國王寧願放棄王位去當和尚，他進入山中修行，搭結草庵為家，摘取蓬蒿做床蓆，悠然度日，自謂得志。大家都覺得奇怪，便跑來問他：「你這樣有什麼快樂呢？」

這位國王回答：「以前我當國王時，憂慮的事很多，有時擔心鄰國來打，有時怕財物被竊偷，有時怕自己吃虧，有時怕臣子有二心。而今當了和尚，既不會有人動我腦筋，亦不怕別人做不利我的事，所以，我十分快樂。」

再次為「不放逸」，唐玄奘能防範於惡事，專注於善法。這種精神可用來對治放逸，成就一切善法，屬於「十大善地法」之一。例如下則《雜寶藏經》的故事，可以詮釋它的內涵。

有甲乙兩位商場領袖，各自統帥五百名部下。一天，他們離家出外經商，經過一處荒山曠野，遇見了夜叉鬼，對方化身一名美女，頭戴花形假簪，手持一把琴。她說：

「諸位走累了吧？你們雖然攜帶水草，其實，那些只會徒增疲勞，不能解決飢餓，幸好附近有極佳的水草可以供應，我帶領你們去，諸位放心跟我走。」

甲商聽了相信不疑，立刻摔掉手上的水草，跟她向前去，但是，乙商不聽少女的話，始終珍惜手邊的水草，怎麼也不丟棄。之後，甲商一直不見有什麼水草，不久即因為極度口渴，死在路上，乙商努力向前走，也不改變方向，結果安然達到目的地了。

《法句經》又有幾首偈語論釋「不放逸」：

不放逸是不死徑，放逸是死徑。
不放逸的人不死，放逸的人與死同樣。（二十一）
明白這道理：不放逸的智者，喜悅不放逸，欣慕聖者的境界。（二十二）
奮勵常思念，行為清淨，慎重行動，自制，依真理生活，不放逸的人，增大讚譽。（二十四）
修行僧喜樂不放逸，恐怖放逸；既然已近涅槃，決不退轉。（三十二）

三、見解卓越　反應敏捷

孫悟空有一對厲害的眼力，叫做火眼金睛，可以迅速辨識出人類與妖精，因為一路上有許多妖魔變化人身——老人、孩童、弱女等來欺騙唐僧，而唐僧的肉眼凡胎當然不分人妖的化身，加上豬八戒愚蠢的性格，三不五時在旁煽風點火，看到孫悟空打死妖精變化的人身時，更惹起唐僧生氣，由此看來，唐僧真是個昏庸的大好人，不知善惡，不明是非，糊裏糊塗……。

事實上，歷史上那位唐玄奘是個真正聰明，明辨是非，又通曉經論的睿智之士，依《唐玄奘留學記》記載，有下段史實可以佐證，雖說史實性質不同於人妖的分辨能力，兩者不能相提並論，但至少能破解唐玄奘不是毫無主見，沒有半點機智的忠厚長者而已。

有一年，唐玄奘住在那爛陀寺，跟從戒賢長老學習，當時，有一位博學的師子光也在那裏開講龍樹的中論和提婆百論，但他卻不斷攻擊無著大師那本《瑜伽論》。關於這一點，玄奘不以為然地說：

「聖人建立教理，雖被人從各方面評論，殊不知其最終的真理是一樣。若有人說，那些聖人的教理有矛盾，那是因為他的了解不夠。中論、百論和瑜伽論等，都在說明同樣的真理，只會稱讚這個，責備那個是不對的。」

因此，他很同情師子光的學識狹窄，而常去跟對方討論這一點。無奈，對方無法解答。這一來，師子光講座下的學員，果然不再去聽講，反而紛紛來聽玄奘的講座了。

且說有一個外道名叫普拉玖尼亞古布達，寫一本《破大乘論》，拿著書去向卡尼亞庫布加的戒日王自炫地說：「這是我們的信條，我倒想看看大乘教派的信徒裏，有誰能說破其中一個字……。」

戒日王聽了很憤怒，就派人到那爛陀寺請戒賢長老，派出四位精通各派的高徒前來。結果，戒賢長老選出了四位高徒，其中一位是唐玄奘。其他三人都很擔心，只有玄奘很自在，只聽玄奘鼓勵同伴們說：「你們不要怕，我在自己國家，或來到這裏都曾經研究這小乘諸派的書，表面上，那些好像無力駁倒大乘教義，不過，我有把握駁倒他們，即使不幸失敗，我也不會給大家帶來麻煩，因為我來自東土啊！」

他們去到以後，玄奘聽完對方的講解。接著，對方要求玄奘指出書中有那些論據錯誤？玄奘馬上從大乘教義的觀點來反駁，同時寫出一千六百頌的《破惡見論》。

玄奘先呈給戒賢長老過目，然後又傳閱其他學僧，大家同聲稱讚說：「見解非常卓越，能夠討論到這樣細膩，何愁敵人不俯首認輸？」最後，玄奘向那位挑戰者說：「你已經受了奇恥大辱，現在還你自由身，趕快離去吧！」對方果然識趣離去了。

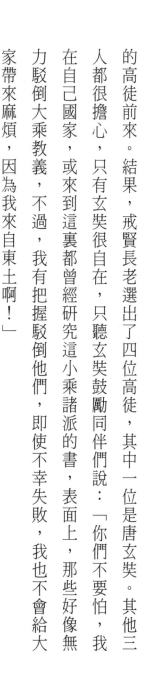

在這以前，順世派有一個婆羅門來到那爛陀時挑戰，要求辯論佛法。他寫了四十條教義，貼在寺廟門口：「誰若能駁倒其中任何一條，就可來斬我的頭謝罪。」口氣狂妄極了，但幾天來居然無一人能駁倒他。

這時，玄奘命令隨從把廟前的字條撕破，踏在地上。婆羅門憤怒極了，睜大著眼睛問：「你是誰？」隨從答說：「我是大乘天的僕人。」對方久慕玄奘的大名，聽了隨從的話，便立刻把狂妄壓低下來，一句話也沒說。之後，戒賢長老召集其他和尚們，在大會上跟對方公開辯論。

玄奘首先談到外道各派的缺點：

「釋迦派以為身上擦灰，有益於修道，其實，這跟爐灶上的睡貓有何不同呢？尼爾達朗派信徒以裸體標新立異，大加炫耀，拔掉頭髮修行，但是，他們的肌膚破裂，雙腳凍傷，無異河邊枯木，醜態百出。卡巴利加派之輩，藏著死人的頭骨，放在頸部和頭頂，住在岩石的裂逢裏，這跟憤墓的惡鬼相似，那些衣服沾滿糞便，飲食骯髒，惡臭飄蕩的玖德卡派的信徒，不是像廁所裏的笨豬嗎？你們居然把這些人們奉為真理，不是愚笨透頂嗎？」

接著，玄奘又列舉數論派，勝論等諸哲學派系的各種缺失，其間，那位來挑戰的婆羅門啞口無言，最後只好回答說：「我認輸了，我覺悟了。既然我已經說過你們可以砍我的頭謝罪，現在你們可以照辦了。」

玄奘說：「不必了，我們佛門弟子決不會害人，你做奴隸聽命行事好了。」

婆羅門聽了喜出望外，因為沒有被砍下頭。

還有以後許多場合都能看出玄奘不是人云亦云的老糊塗，在在表現他是個意志堅定，見解不凡的佛門高僧。

四、收穫甚豐　滿載歸來

唐僧一行到了西天，上靈山拜見如來佛，之後如願得到以下諸經：

涅槃經──四百卷，菩薩經──三百六十卷，虛空藏經──二十卷，恩義經大集──四十卷，寶藏經──二十卷，禮經如經──三十卷，大光明經──五十卷，維摩經──三十卷，金剛經──一卷，佛本行經──一百一十六卷，菩薩戒經──六十卷，摩竭經──一百四十卷，瑜伽經──三十卷，西天論經──三十卷，佛國雜經──一千六百三十八卷，大智度經──九十卷，本閣經──五十六卷，大孔雀經──十四卷，俱舍論經──十卷，首楞嚴經──三十卷，決定經──四十卷，華嚴經──八十一卷，大般若經──六百卷，未曾有經──五百五十卷，三論別經──四十二卷，正法論經──二十卷，五龍經──二十卷，大集經──三十卷，法華經──十卷，寶常經──一百七十卷，僧祇經──一百一十卷，起信論經──五十卷，寶威經──一百四十卷，正律六經──十卷，維識論經──十卷。

共計三十五部，各部中檢出五千零四十八卷……。

以上出自《西遊記》第九十八回記載，到底有無這些經名和卷數，恕我沒有查對藏經，但是《唐玄奘留學記》提到，他從印度帶回不少經典與佛像，計有下列主要部份：

㈠釋尊舍利的肉舍利一百五十顆。

㈡金佛像一尊（高有一尺六寸）。

㈢摩訶陀國，前正覺山的龍窟留影金佛像一尊（倣造，連光座高達三尺三寸）。

㈣波羅奈的鹿野苑，初轉法輪像（倣造，刻檀佛像一尊，連光座高達一尺五寸）。

㈤卡夏比國的烏達雅拿王仰慕如來，乃在梅檀上刻劃如來影像（倣造，刻檀佛像一尊，連光座高達二尺九寸）。

㈥在靈山講《法華經》的佛像（倣造，金佛像一尊，連光座高達三尺五寸）。

(七)佛陀降伏毒龍的影像（倣造，刻檀佛像一尊，連光座高有一尺三寸）。

(八)大乘經有二百二十四部。

(九)大乘論有一百九十二部。

(十)上座部經律論有十五部。

(十一)大眾部經律論有十五部。

(十二)三彌底部經律論有十五部。

(十三)彌沙塞部經律論有二十二部。

(十四)迦葉臂耶部經律論有十七部。

(十五)法密部經律論有四十二部。

(十六)說一切有部經律論有六十七部。

(十七)因明論有三十六論。

㈥聲論有十三部。

共有五百二十夾，六百五十七部，用二十二匹馬載運回國。

五、確實有三藏　內容不相同

《西遊記》說，如來佛有三藏，可以超脫苦惱，解釋災禍。有法一藏，談天；有論一藏，說地；有經一藏，度鬼。共計三十五部，一萬五千一百四十四卷，真是修真之徑，正善之門。凡天下四大部州之天文、地理、人物、鳥獸、花木、器用、人事、無般不載……。

佛教的確有三藏，可以救度眾生，超脫苦惱，但也不是《西遊記》所說那樣內容：簡言之，三藏指經、律、論等三種佛教聖典的分類，它的次第，至今仍然沒有定論，如依三藏結集的先後次序來說，則等於經、律、論；如依修行順序來說，則為律、經、論了。

若將三藏跟三學搭配時，經藏相當於定學，律藏相當於戒學，論藏相當於慧學。同時，經藏也包括戒、定、慧三學；律藏包括戒、定兩學，而論藏只包含慧學。本來，三藏係指原始佛教和部派佛教的聖典，也就是小乘的三藏教，後來，這個名詞也被大乘佛教採用，三藏包括小乘的聲聞與大乘的菩薩之別。再將三者分別說明於下：

㈠經藏是指佛陀所說的經典，上契諸佛之理，下契眾生之機；有關佛陀教說的要義，皆屬於經部類。

㈡律藏是指佛所制定之律儀，能治眾生之惡，調伏眾生之心性；有關佛所制定教團的生活規則，皆屬於律部。

㈢論藏是對佛典經義加以論義，化精簡為詳明，以抉擇諸法為性相，為佛陀教說的進一步發展，而後人用自己的修行體驗加以組織化和體系化，論藏又叫論部。

第三章　佛道修行面面觀

一、膽大妄為　違反佛道

自從孫悟空返回水簾洞，直到他被如來佛收伏，強壓在五行山下，也就是孫悟空學會了神通，立刻表現目中無人，先到海龍王處強力拿走一根如意棒。這一來，他如虎添翼，天不怕，地不怕，例如直搗冥幽界，把十代冥王嚇得面無血色，之後，他又舞著如意棒。打到天界玉皇大帝面前，讓大小神仙們束手無策，同時，迫使各路神將天兵慌了手腳，最後，只好禮請西天如來佛，才輕易收伏孫悟空。

從孫悟空這段作為看來，他那顆心完完全全受制於非常強烈的貪婪、忿怒、愚味和我慢。他自恃神通廣大，又會七十二變化，就口口聲聲要當「齊天大聖」，甚至打敗了天將天兵之後，曾向如來佛說：「教玉帝搬出去，將天宮讓與我。」其間，他還貪食無數仙家的佳餚美味，動輒大發脾氣，舞起如意棒亂打一陣，不知謙虛為何事……這樣任由各種惡心在發作，無異種下苦惱的惡因，果然不久自食惡果。

佛教把貪、瞋、癡、慢看作有情生命的根本煩惱，凡是證道的高僧大德，都在這方面有很高的修行，意謂他們先後努力調伏了這些心態。我們學佛修行，其實是修心、修心、還是修心，而必須修持的心態正是貪婪、瞋恚、愚癡和傲慢等心，它會給人帶來種種煩惱……。

孫悟空滿懷貪、瞋、癡三毒，和不可一世的傲慢，別看他表面上威風凛凛，好像很得意，很快活，其實不然，因為他不能如願坐在玉皇大帝的位置，亦無法名符其實當個齊天大聖，內心焦灼萬狀；他目睹天兵天將時時刻刻都來糾纏和逮捕，害他難得休憩，更昧於因緣果報的道理，一味橫衝直撞，太過傲慢，到處惹禍，不知自己正步步陷入惡報之中……。

現要詳述貪婪、瞋怒、愚癡和我慢對學佛修行的障礙，並點出它為什麼是生活苦惱的根源？

佛學辭典記載，貪欲心會惱亂眾生的身心，常常使他們感受拘束，不能清淨自在，那麼，眾生通常貪愛什麼呢？大體上說，世人都貪愛五欲——錢財、色情、飲食、名位和睡眠。佛教則統稱為色、聲、香、味、觸、法等六塵，都令天下蒼生愛戀不捨，愈多愈好，一旦不能如願，就有苦頭吃了。所以，貪著心是沒有智慧的表現，《遺教經》說：「若有智慧，則無貪著。」

學佛修習禪定時，依據《釋禪波羅蜜次第法門》記載，有以下三種貪欲發相——

㈠、**外貪欲相**：修習禪定時，取男或女之容貌，而生起貪欲心，念念不歇，會妨礙禪定，是因外貪淫結使發相。

㈡、**內外貪欲相**：修習禪定時，欲心忽生，或緣他身相，或緣已身形貌，念念染著，生起貪愛，會妨礙禪定，是因內外貪欲煩惱發相。

㈢、**徧一切處貪欲相**：修習禪定時，除了貪著上述內外境況以外，又會貪愛一切五塵境界，叫做一切處貪欲發相。

其次是瞋恚，跟瞋怒、憎恨和懊惱連成一氣，《增一阿含經》說：「諸佛般涅槃，汝竟不遭遇，皆由瞋恚火。」因為瞋心熱惱如烈火，讓人無法自制，非常可怕。《梵網經》菩薩戒本疏卷四有十項戒修，大意如下：

⑴瞋怒心在迷惑中為最重。　⑵成為惡業道和惡趣因。

⑶燒滅宿世諸項善根。　⑷能結大怨，累劫難解。

⑸由此能害諸眾生。　⑹能作無間罪。

⑺能障礙菩薩的忍波羅法。　⑻能害諸菩薩的大悲心。

⑼令所有教化的眾生皆捨離。　⑽具足成就百千障。

愚癡是不明事理，非常無知，今舉《百喻經》兩則說話來譬喻：

㈠從前有個小孩，在陸地上遊玩，無意間捉到一隻大烏龜。小孩想殺龜，奈何不知方法，就去請教人說：「怎樣才能殺死烏龜呢？」有人教他說：「只要丟在水中，就可殺死牠了。」小孩信以為真，果然將烏龜用力丟進水中，烏龜一到水中，立刻就游走了。

㈡從前有個工匠，替國王工作，由於受不了勞役之苦，就假裝說自己眼睛瞎了，於是免除了勞役之苦。

另一個工匠聽到這個消息，就要弄瞎自己的眼睛，以逃避勞役之苦，有人對這個工匠說：「你何必弄瞎自己的眼睛，使自己白白受苦呢？」

上述兩個故事主角，都不明事理，愚昧極了。

我慢也是眾生主要煩惱之一，這種人人見人厭，會失去一切善緣，凡事以「我」為中心，由此執著「我」而形成驕慢心。《成唯識論》說：「我慢者，謂倨傲恃所執我，令心高舉，故名我慢。」

《雜譬喻經》有下則記載：

釋尊住在祇園精舍時代，某地有八位大力士，每人的手腕力相等於六十頭巨象之力。其中一位又精於謀略，文武兼備，自以為天下無敵，佛陀知道他旁若無人的態度，遲早會落於惡道，就想辦法要拯救他。一天，佛來訪問他，叫守衛傳達訊息。大力士聽了就對左右說：

「不論佛怎樣禮賢下士，總不可能來找我，不見也罷。」

守衛一連傳訊兩次，都被主人拒絕，佛又敲他的大門，但也依然無效。這時，佛只好化身一個年輕大力士，要求跟他比武。當他聽到守衛的傳訊時，立刻反問守衛：

「他是國內八位大力士之一嗎？」

「不是，他是個年輕的無名小卒。」

大力士勉強走出一看，果然是個年輕小夥子。一會兒，才帶他到摔跤房去，大力士擺好架式，心想一招就要摔倒他，氣勢咄咄逼人，誰知小夥子大顯神威，突然飛離地面十餘丈，立刻使趾高氣揚的大力士非常驚異，且聽到空中傳來一陣要他皈命的叫聲，大力士始知眼前是佛陀，馬上拜倒在地，表示要修行佛道。

總之，「我慢」需用「強中更有強中手，能人背後有能人。」來對治，讓他徹底領悟語中意義。

二、火眼金睛　佛道五眼

孫悟空有一對「火眼金睛」，不是天生的，而是大鬧天宮被太上老君捉到八卦爐中，受到神火鍛鍊的結果，這使眼睛非比尋常，不但眼力非凡，白天能看千里路上的吉凶，而且能分辨人類或妖怪……。

在佛道修行中，眼睛的功力亦能到達相當厲害的程度，甚至到神通的地步。佛教徒耳熟能詳佛陀門中有位阿那律，有一次在聽法中呼呼大睡，被佛陀呵斥一頓，他就發誓不睡覺，結果雙眼失明了。肉眼雖壞，卻修得天眼，能見十方世界，故稱「天眼第一」。

「天眼通」是佛道修行的六種神通之一，又叫天眼智通，或天眼通證。這雙天眼能照見自地及下地六道中之遠近粗細等諸物，以眼識相應之慧為伴，其性無記；天眼有「修得」與「報得」兩種，凡在人界修四禪定，而得淨眼者，稱為修得；生於色界諸天而自得淨眼者，稱為報得。

依據《大智度論》記載人有下列五眼——

㈠肉眼：凡遇有障礙之物質，肉眼不能透視。

㈡天眼：能見因緣形成的各種假象，但見不到實相。

㈢慧眼：能見空理，但對別人並無利益。

㈣法眼：能令他人至菩提，但不知有方便道。

㈤佛眼：能知所有一切。

又依《大乘義章》卷二十記載：

凡夫具足肉眼、天眼。二乘修觀法，由證入悟境而言，具足法眼、肉眼、天眼；若由悟之作用而言，則具足慧眼、肉眼、天眼。菩薩由菩提而言，具足慧眼、肉眼、天眼；由菩提之作用而言，則具足法眼、肉眼、天眼。佛具足五眼，因此依五眼的次序，可以分別為凡夫、天人、二乘、菩薩和佛的眼睛。

《大乘無量壽經》說：「修行五眼，照真達俗，肉眼簡擇，天眼通達，法眼清淨，慧眼見真，佛眼具足。」

《法句譬喻經》有兩則記載：

㈠、**明哲品**：從前佛陀住在舍衛國時，城外五百里遠的山村中有一戶貧家，這家主人的妻子剛生下雙胞男嬰，這兩個男嬰長得很端正，就被取名為雙德和雙福。

生下五十六天時，有一天，他父親放牛回來，在床上休息，母親仍在田間撿柴，這兩個嬰兒以為父母不在家，就互相談起話來。一個說：

「我前世本來要得道，因為一時愚昧，以為如果成道，生命就可以長存，所以才落到今生到貧家作子，我而今很懊悔，也不知要怎樣才能出離生死苦海。」

另一個說：「唉，因我年幼貪玩，竟不知精進修行，而今才會出生貧家，遭受苦難，現在有什麼話說呢？」

他們的父親乍聞兩個嬰兒互相埋怨，幾乎嚇昏了，深怕兩個妖兒以後會殺親滅族，就想把小孩放火燒死。這時剛好母親回家，她不信嬰兒會說話，於是，夫妻倆躲在門外偷聽了幾天，又聽到小孩講話，才決定要燒死小孩。

佛陀以「天眼」知曉此事，便來到這裏，兩個嬰兒見到佛陀，都歡喜踴躍，佛陀也大笑，口出五色光，普照天地……。

㈡、**述佛品**：佛陀在菩提樹下開悟後，為了回報當年侍候自己的五位比丘，就前往舍衛國，途中遇到一位離家學道的梵志。他一看到佛陀的尊容，便歡喜站在一邊，高聲讚嘆說：「你如此優雅的威儀，是拜何人為師呢？」

佛陀作詩偈答道：「八正覺自得，無離無所染；愛盡破欲網，自然無師受；我行無師保，志獨無伴侶；積一得作佛，從是通聖道。」

梵志聽了悵然不解，便問佛陀現在要去那裏？佛陀說：「我要去舍衛國震動法鼓，轉無上法輪。」

梵志高興地說：「太好了，來日我一定去聽你說法。」梵志就向佛陀合掌告別，然後離去。但是，在他尚未找到學道的老師之前，有一天在路邊露宿時，夜裏病死了。

佛陀以「道眼」知道此人已死，很傷感地說：

「愚昧的世人都以為現在不會死，來日方長，誰知他見了佛陀，卻擦肩而過，突然死去。當法鼓震動時，他卻聽不到，佛法甘露在滅苦時，他偏不會嚐，因此又生死輪迴，這樣經過千劫萬年，不知何時才得脫離苦海？」

《觀無量壽經》說，心眼是靠禪定力量，透視障外的物體，來觀照諸法，它不仰賴肉眼，亦不靠天眼，全靠自己修持的定力，才能照見他方諸佛，及其佛土莊嚴。

《法華經》說：「佛眼圓通，舉勝兼劣；又四眼入佛眼，皆名佛眼……舍利弗當知，我以佛眼觀，見六道眾生，貧窮無福慧。」

可見佛眼最殊勝，最奧妙，遠非孫悟空的「火眼金睛」所能比擬？

三、放下屠刀　必能得救

孫悟空被收伏在五行山下一塊石中，動彈不得，挨過五百多年，期間，他肯定有過無數次反省，自責和懊悔，所以，當觀音菩薩路過五行山看到孫悟空時，孫悟空馬上央求說道：「我已悔了，但願大慈大悲指條門路，情願去修行。」並且有詩為證：

「人心生一念，天地盡皆知。善惡若無報，乾坤必有私。」

觀音菩薩聽了，果然大發慈悲，一口答應要救度他，但不是現在，而需到某日唐僧去西方取經，路過這裏才能請他釋放。由此可知：只要肯放下屠刀，真正懺悔，佛教照樣收容他，接引他到幸福的彼岸。若依孫悟空以往的作為看，他無疑罪大惡極，真正搞得天翻地覆，理應永遠不能得救才對；無如，佛教的慈悲蘊藏無限浩翰的包容，寬恕與體諒，而這個建立在對方有無真實懺悔的基礎上，若有，就毫無疑問可以救度，而今孫悟空的善緣，福報都很好，可以獲得一個修行機會，應該要珍惜，要好好表現……。

依佛教的觀點，懺悔與慈悲，及其相互關係。懺悔即是追悔自己過去的罪行，不妨在佛菩薩，師長或大眾面前告白道歉，便能達到滅罪目的，又有人說懺與悔有不同之義，懺是請求原諒，悔是自述罪狀。

在原始佛教的教團中，當出家比丘犯罪時，釋尊就要他自行懺悔或悔過，定期每半月舉行布薩，規定夏安居最後那天為自恣日，懺悔在佛教教團中有不尋常的重要性。《華嚴經》普賢行願品有一首膾炙人口的懺悔文——「往昔所造諸惡業，皆由無始貪瞋癡，從身語意之所生，一切我今皆懺悔。」這是佛教修行者耳熟能詳，也是現在法會重要行法之一。提到懺悔功德，前福嚴精舍住持續明法師，曾有段開示：

「諸佛菩薩及一切聖賢，對於罪大惡極的人，不但不捨棄，反而更加憐憫，常欲伺機勸勉其為善，故作惡者一旦洗心革面，痛悔前非，諸佛菩薩及一切聖賢，沒有不歡喜加被助成的。有如世間惡子，一向違背父母的教誡，胡作非為，父母對他無時無刻不在關心，若一旦覺醒過來，浪子回頭，悔過自新，則父母對於他，將是格外的慈祥歡欣。所以，因為愚癡無智，做錯了事，造下惡業，只要知道悔改，勵力為善，惡業是可以消滅或除滅的。所謂重業輕受，輕罪化為烏有，自是事理之所當然……罪在十惡五逆皆可懺悔，……所謂懺悔，對於已作錯事，因應深自咎責，尤重要者，在於防止未來，不復更作，這樣，才能發生懺悔則『安樂』『清涼』的效用。若一面在形式表示懺悔，一面內心裏不起防護未來之念，這是不能成為有效之懺悔的……如《觀普賢菩薩行法經》說：『一切業障海，恂從妄想生。』……一切罪業，皆可懺悔，所謂『苦海無邊，回頭是岸。』此實為佛法設化施教之最大方便，為學佛入道者不可不知。」

懺悔的功用說得再清楚不過了，再看慈悲的定義如何？

依《佛學辭典》上說，慈是慈愛眾生，並給予快樂；悲是同感其苦，憐憫眾生，並拔除其苦；兩者合稱為慈悲。佛陀慈悲是，以眾生苦為己苦的同心同感狀態，故叫同體大悲。依《大智度論》說，慈悲有下列三種：

㈠是生緣慈悲：觀一切眾生猶如赤子，而予樂拔苦，這是凡夫的慈悲，最初的慈悲也是這種，故也叫小悲。

㈡是法緣慈悲：指開悟諸法為無我之真理所起之慈悲。係阿羅漢之二乘，及初地以上菩薩之慈悲，又叫中乘。

㈢是無緣慈悲：為遠離差別之見解，無分別心而起的平等絕對之慈悲，這是惟有佛所具有的大悲，故稱大慈大悲。

至於懺悔與慈悲的關連如何？請讀《賢愚經》下則例證非常生動，大意是：

舍衛國有一個青年名叫無惱，不但英俊聰明，身體也極健壯，力大無窮，拜國內一位學問最淵博的婆羅門為師，頗得老師喜愛，加上無惱的天資聰明，老師每次出門，必定也帶他同行，師徒如影隨行。

婆羅門的妻子暗中愛上無惱的才智，苦無說話機會，只好壓抑心中的愛情。有一次，婆羅門有事要出外，妻子心思一計，要求把無惱留在家，協助自己作業。婆羅門一口答應後外出了。

妻子趁機百般勾引，不料，無惱堅拒再三，不為所動，妻子惱羞成怒，待婆羅門回家時，反咬無惱一口，謊稱無惱不禮貌，之後夫妻設計謀害無惱，命令他七天內要砍殺一千個人頭取下一千根手指，用來做假髮。

善良的無惱受制於老師的咒語，突然心生惡念，拿一把利刀，滿臉殺機，披頭散髮，形同一個羅剎鬼，一進城去，不分男女老幼，逢人便斬，同時取走一根手指頭。不久，害得全城的人不敢外出，全都躲藏在家裏，叫他指鬘，後來，他殺害了九百九十九人，也得到了死者的手指，還差一根就有一千根指頭了。

七天見不到無惱的母親，心知有異，便出門來找兒子。無惱遠遠看見母親走來，雙手舉刀要殺母親，母親為了滿足兒子的願望，有意給他一根手指，母子正在爭執時，釋尊洞悉此事，便知教化指鬘的時候到了。

釋尊化身一個和尚走來，指鬘見到和尚就要追殺，但總是追不上……和尚開示他說：

「我得了自在無礙，而你卻被惡師的邪教騙了，顛倒自己的善心，才安住不下來，你晝夜殺人，造下無邊重罪，難道還不明白嗎？」

被釋尊一陣教誡，才使他的邪心消失，這時，他懊惱前非，跪倒在釋尊面前，至心懺悔自己的罪業，釋尊也寬恕了他，答應收他為弟子。

佛教徒耳熟能詳「以前種種，譬如昨日死；以後種種，譬如今日生。」那怕那顆心以前再兇殘，再黑暗，只要被一點亮光照射，馬上會使整個心境光亮起來，所謂「前後判若兩人」，「放下屠刀，立地成佛」，當如是也。

同理，孫悟空幸虧保住一命，被收伏在五行山下，有機會反省和懺悔，再加上殊勝佛緣，真是造化，可喜可賀。

四、殺死妖精　有惡報嗎？

孫悟空由迷轉悟，痛改前非之後，果然開始護持唐僧上西天。一路上降妖伏怪，大顯神通，期間，殺死了大小數不盡的妖魔鬼怪，讓唐僧等人平安前進。從佛教的觀點說，一群大小妖精也算有情眾生之一，一度活在迷界，像孫悟空這樣大開殺戒，是不是違背佛教戒律呢？因為學佛修行要遵守最起碼的五戒——殺生、邪淫、妄語、飲酒、偷竊，其中以殺生最嚴重；顯然，孫悟空犯了這條殺戒，不知能不能寬恕呢？又殺生戒在佛教的界限和內涵如何呢？

殺生即殺害人畜等一切有情眾生的性命。大乘佛教為避免殺生，而禁止肉食，更進而以放生為積極表現。《大智度論》說，諸罪中以殺生罪最嚴重，諸功德中以不殺生為首。了斷人畜的生命，不管是親自下手，或教人殺生，皆屬同罪。凡犯殺生罪者，死後將墮地獄、餓鬼、畜生等三惡道，即使生於人間，亦不免多病短命。

《六度集經》第五有一段釋尊的說話如下：

「遠在佛出世以前，有三個結盟國家。其中一國境內有許多湖泊和豐富的魚群。近的盟國知道紛紛買回食用。距離最遠的盟國不知此事，當然也就沒有買魚。有湖泊和豐富魚群的百姓，除了打獵又愛捕魚，他們即是釋迦族被殺死的三億人群……殺生者，日後必會被殺。放生者，必能長壽百歲。如是因，如是果，因果絲毫不爽。」

但話又說回來，倘若不得已而殺生，情形可以另當別論。如孫悟空遇到妖怪要捕殺唐僧，或要濫殺自己人，那麼，為了保護唐僧和師弟們，就必須還手攔阻，於是兩虎相爭，必有一傷，這時如果殺死對方，而不是出自惡心，就不會有罪，亦不算造惡業。《佛說大方廣善巧方便經》下則說話，即是最好例證。

某地有五百名商人聚集一堂，商討發財方式，他們所說海裏藏有各種珠寶，便決定一齊去找尋。不料，外面有一個漢子知道他們要出海尋寶、便要偷偷跟著去。

他潛入船裏，跟大家混雜在一起，期間，他不斷用詭計，企圖把他們全部殺光，好獨佔珠寶。

不久，大家發現了這個兇悍的暴徒，但亦無可奈何，不敢對他怎樣。商隊裏有一名頭目，名叫善御，他為人慈悲，也有領導才能，深受大家的尊敬，某天夜晚，海神現身警告他說：

「一個兇悍傢伙正要謀殺你們，搶奪財產，你得用兩全其美的計策，一則不讓兇漢因殺生而下地獄受苦；另則保障大家的性命。倘若兇手殺人下地獄，永遠受苦受難，也是蠻可憐的，你應該救他。」

善御從夢中驚醒後，左思右想，一籌莫展。很快地七天過去，他才心生一計：「看樣子，我只好殺死那個兇漢了，這樣，他不會因造殺業而下地獄。倘若我不殺他，以後他若被五百多名同伴憤恨殺死，反會讓大夥兒一齊下地獄，飽受苦果。即使我殺他，造了惡業，要長期受苦報也很甘心。不然，又有什麼辦法呢？」

他又在想：

「我採用這種大悲心的方便門，可使壞人不再造殺生惡業，更能使五百名同伴安全返家，兩全齊美。」

這位隊長果然本著慈悲心，結束了兇漢性命，五百名商人才得以安返國門。

孫悟空雖然不是活用大悲心的方便門，旨在自衛和護持師父的職責，而殺害許多妖精，照樣能使妖精不再去殺害其他生靈，造了惡業，故也算救了妖精。所以，孫悟空大部份並無行兇企圖，也不算造惡業。倘若妄殺無辜，仍是難逃惡報，不怕今生不能報，佛教三世因果，仍是歷歷分明，因為它有現報、生報和後報。下則禪話便是一件例證：

悟達知玄禪師還是個雲水僧時，有一天途經京師，看到一位西域異僧身患惡疾，無人理睬，於是就耐心的為他擦洗敷藥，並照顧他的疾病。病僧癒後，這位異僧就對悟達禪師說：「將來如果有什麼災難，你可以到西蜀彭州九隴山間兩棵松樹下面找我！」

多年後，悟達禪師的法緣日盛，唐懿宗非常欣仰其德風，備極禮遇，特尊他為國師，並欽賜檀香法座，禪師亦自覺尊榮。一日，禪師膝上忽然長了個人面瘡，眉目口齒皆與常人無異。國師遍攬群醫，都無法醫治，正在束手無策時，忽憶起昔日西域異僧的話，於是就依約來到九隴山，並道明來意，西域異僧怡然指著松旁的溪水說：「不用擔心，用這清泉，可以去除你的病苦。」

悟達國師正要掬水洗滌瘡口的時候，人面瘡竟然開口說道：「慢著！你知道為什麼你膝上會長這個瘡嗎？西漢史書上有件袁盎殺晁錯的事情，你知道嗎？你就是袁盎來轉世，而我就是當年被你屈斬的晁錯，十世以來，輪迴流轉，我一直在找機會報仇，可是你卻十世為僧，清淨戒行，故苦無機會可以下手。直到最近你因為集朝野禮敬於一身，起貢高我慢之心，有失道行，因此我才能附著你身。現在蒙迦諾迦尊者慈悲，以三昧法水洗我累世罪業，從今以後不再與你冤冤相纏。」

悟達國師聽後，不覺汗如雨下，連忙俯身捧起清水洗滌，突然一陣劇痛，悶絕過去，覺醒時，膝上的人面瘡亦已不見，眼前也沒有什麼西域異僧。

（取自《星雲禪話》第四集）

最後，引述藏經卷十三第一五五頁有一段記載如下：

一天，佛向一位名叫難提迦的在家信徒，談到殺生有以下十項罪狀：

⑴心裏巨毒，世代不絕。

⑵眾生都會厭憎他，眼不見為樂。

⑶經常懷有惡念，思惟惡事。

⑷眾生害怕他，無異看到虎蚊一般。

⑸心裏不安，輾轉難眠。

⑹常做惡夢。

⑺生命結束時，發瘋怕死。

⑻種下短命的業因。

⑼身體毀壞，死後會下地獄。

⑽即使投胎轉世做人，也常常會短命。

五、迂迴善巧　達到目的

打從孫悟空發心扶助唐僧西行開始，直到取經成功回唐，他們一路上遇過的妖精鬼怪，強盜歹徒，多得不勝枚舉；其中有些妖精相當厲害，不論神通和詭計，都不亞於孫悟空，例如牛魔王父子，假孫悟空……等，都曾經使孫悟空束手無策，危機重重；在這種情況下，幸虧孫悟空極能活用善巧方便，借力使力，才能救回師父，化險為夷，繼續上路，這也能看出孫悟空的機智與活力。

從佛陀弘法開始，所有高僧和其他弘法大德，為了教化根性千差萬別的芸芸眾生，經常採用各種方便善巧如願以償；毋寧說，為了達到某種目的目標，直接硬幹行不通時，不妨採取迂迴、間接方式達到目的，這是明智與必要的，也是佛教所鼓勵，所常用的。從以下幾則佛經故事和禪門公案可以略知一二。

《鼻奈耶第五》——有一隻獅王年老力竭，連視力都要消失了。有一次，牠率領五百位部下走在雪山上，因為視力太差，一不小心，掉進一個枯井裏去。部屬見了紛紛離去，誰也不設法救助牠。

幸好枯井附近住著一隻狐狸，牠目睹這種情狀，心想：「我以前屢蒙獅王的幫忙，才能得到許多食物，現在總得設法救牠出來才對。」

但見枯井不遠有一條大河，狐狸馬上挖洞，引河水到井裏。不久，井水逐漸滿溢，獅王浮起，最後，總算如願救出了老獅王。

有過多次讓孫悟空陷入困境，不是被妖精打敗，遇到挫折，便是被惡魔逮住，不能動彈，幸虧他臨危不懼，內心鎮定，思考對策，活用方便，渡過難關。這方面類似《大莊嚴論經》下則故事：

某國計畫建造一座世界最高的石塔，選出一名工匠去負責建造。不久，那位工匠果然不負眾望，完成了一座壯觀的石塔，今天正是石塔落成的日子。

誰知發生了一件怪事。國王下令大家離開，把工匠一人留在高高的塔頂上，大家七手八腳把梯子、繩子和請拖曳滑車等統統搬走了。原來，國王另有打算，心想若讓這名工匠生還，恐怕別國會把他請去，建造另一座比我國更高、更壯觀的石塔。

那名工匠怎會明白國王的想法呢？他站在塔頂上，不知所措，心想一切聽天由命算了。

工匠的親友們聽到這項壞消息，憂心如焚，都在設法援救他。當晚，大家集合在石塔下，偷偷向塔上的工匠傳話：「你不能想辦法下來嗎？」

這句話點醒了他，也鼓勵了他。他馬上脫下衣服，撕成細片，做成布條，讓它徐徐落下。原來，他要下面的人把布條跟繩子連接，之後慢慢拉上繩子，再用一條粗繩相連，逐漸拉上粗繩子，最後把粗繩牽到塔上，拴在塔頂，才使他抓住繩子落到地面。

《佛本行集經》指出，身陷絕境千萬不能坐以待斃，或任人恐嚇宰割，這時要用智慧突破險境，切勿失去信心與希望。例如：

有一個結花鬘師住在梨耶多河岸對面，平時靠種花草，做花飾過日子。河裏有一隻烏龜常常游出來，潛入結花鬘師的大農園，肆無忌憚地到處找食物吃，把主人多年種的一片奇花異草踩踏殆盡。

結花鬘師忍無可忍，終於抓到了烏龜，準備煮牠來吃。烏龜被關在大箱子裏，靜靜地等人宰殺。不過，牠覺得被人任意殺來吃，實在太可悲，於是，牠日夜思考逃亡的方法。

不久，牠心生一計，便對主人說：

「你看，我全身沾滿髒泥巴，奇臭無比，心情也很惡劣，請你做件好事，讓我到河裏洗一下身體，這樣，泥巴才不會弄髒你的箱子。」

他聽了覺得有道理，那麼美觀的箱子，豈可被牠弄髒？便把烏龜放出來，放在岩石上，烏龜立刻趁機跳入河裏。園主看見烏龜逃走，懊悔不已，想把牠捉回來，於是對烏龜說：

「其實，你也不必怕，我無意殺害你。你好像要去找同伴，但你沒帶禮物，不夠體面，我做了不少美麗的花圈，讓你戴在頭上當禮物帶回去不是更好嗎？」

烏龜聽了暗忖：「他的甜言蜜語，無非想要再捉住我，他平時靠做花飾過日子，他怎可能肯做給我呢？他一定要騙我，只想要殺我罷了。」

於是烏龜毅然答說：

「多謝你的好意，府上正有一群親朋好友，等著要享受山珍海味，你快回去告訴他們：『捉來的烏龜正在煮著，並用油煎著，很快要端出來了。』」

烏龜潛入水裏，迅速逃走了。

西天路上的妖精鬼怪都練有神通，懂得許多變化，為了要捉唐僧，便化身一個可憐的老人、弱婦或孩童……在路邊等待唐僧走近時，一出手就要捉著跑，誰知孫悟空的眼力厲害，煉有一對「火眼金睛」，腦筋也轉得快，一眼便能瞧出對方的身份詭計，於是二話不說，大打出手……在在證明孫悟空的機智非比尋常，做事小心謹慎，佛經裡不乏大同小異的故事，例如：

㈠《雜寶藏經》卷三——某個大荷花池棲息一群水鳥。一天，有一隻鸛對那群水鳥不懷好意，故作友善地走下池塘來。牠步行穩重，啼聲柔和，舉止優閒，深獲那群水鳥的好感。過沒多久，這隻新來的伙伴，便迅速在荷花池的水鳥群裏，獲得極佳的人緣。這時候，一隻白鵝低聲吟唱：

「抬腳走路雖然很穩重，卻用柔軟的聲音欺瞞世間；這樣，任誰也不會注意牠的陰謀鬼計。」

滿肚子歪主意的鸛鳥，馬上走近白鵝，向牠表示友好。但是，白鵝卻冷淡地告訴牠說：「我早知你的鬼計，少來這一套。」

白鵝說完後，便不再理會牠。

㈡《雜寶藏經》卷三——喜馬拉雅山附近，有一隻威風的大雞王，牠的雞冠鮮紅，全身潔白。尤其，牠領導有方，不時警告部下說：

「你們不要隨便離開這兒，跑到別處去。因為城裏大街小巷，和各地村落都有人們居住。他們一看見你們，就想捉來吃，你們千萬要提高警覺，對我們來說，不僅要提防人類，也要小心防範身邊有許多敵人，一不注意，便性命難保，後果不堪想像。」

那時，鄰居有一隻貓，牠常在想，附近有什麼好吃的嗎？不久，牠聽說喜馬拉雅山邊有一隻雞王，統轄一群部屬。一天，貓懷著野心，來訪那隻正在樹下休息的雞王，偽裝溫和地說：

「雞王呵！我很想嫁給你，因為你有艷麗可愛的身體，血紅的雞冠，全身潔白，氣質高雅，倘若我們能締造一個溫暖家庭，生命一定會很充實，生活也會很愉快。」

誰知雞王不為所動，洞悉玄機，早已識破對方的惡心，便毅然拒絕說：「你可別胡扯了，你這黃眼的傢伙，只會甜言蜜語，其實不懷好意，想趁我們不注意便捉來吃。我若娶了你，我還有命嗎？少來這一套吧！」

同樣地，孫悟空不聽花言巧語，頗有超常的機警和能耐。

六、打退堂鼓　前功盡棄

唐僧釋放了孫悟空，孫悟空果然實踐諾言，小心翼翼跟隨唐僧去西天，然而，一向隨心所欲的孫悟空，不會馬上循規蹈矩，那顆不定的心有時連他自己也制御不了，對初識且沒任何本事的師父更不會言聽計從。例如剛上路幾天，師徒半路上遇到強徒攔阻，孫悟空的瞋心復發，剎那間打死了他們，唐僧看不過去，嘮叨他幾句，誰知孫悟空一生受不得人氣，便按不住心頭怒火，說道：「你說我做不得和尚，上不得西天，不必這般詛罵我，我回去便了！」須臾間去了水晶宮……後來，幸由觀音菩薩傳授唐僧一段緊箍咒，才能如願套住孫悟空的身與心，迫使他從此死心塌地跟隨唐僧。之後，師徒倆也曾鬧過好幾次口角，讓孫悟空十分沮喪下，也想中途離去。

例如有一次，孫悟空被唐僧怒斥後，就直接去向觀音菩薩訴苦，央求說道：「萬望菩薩，大慈大悲，將鬆箍咒念念，褪下金箍，交還與你，放我仍往水簾洞逃生去吧！」……諸如此事，便是修道上的退轉心。

依佛道說，退轉心是失去菩提心，或修行功力倒退，大不如前。本來，佛道修行一條很漫長又艱辛的路，不能一步登天，馬上便能證悟成佛。佛陀自己從離宮出家，尋師學道，雪山苦行六年，期間，艱苦的經歷實難予外人道。任何凡夫俗子在修道過程中，遇到層層障礙，乃是意料中事。所以，在三番兩次挫折或打擊下，突然生起退轉心，或心灰意懶，也是人之常情，不可厚非，這時，最好有善知識，或良師益友來勸阻慰藉，和鼓勵，否則，很容易一去不復返，前功盡棄，非常可惜。

《法句譬喻經》有兩則說話值得玩味：

㈠佛陀在世時代，有五百位商人出海經商，之後帶回大批寶物。他們途中經過一座深山時，被惡鬼迷惑，以致紛紛被困死在山中。當然，所有寶物也都散落在山谷中了。

此時有一位沙門在山中修道，他發現這些寶物，心想：「我勤苦學道已有七年，仍未得道，又是如此貧窮，不如把這些寶物拿來成家立業。」於是，他下山拾起寶物，準備回家算了。

佛陀知道這位沙門應該得度，便在途中化身一位比丘尼，濃粧艷抹，身上又佩帶些金銀財寶，剛好遇上這位急著回家的沙門。比丘尼先向對方禮拜，沙門見她這個打扮，立刻斥責她說：

「瞧你這副模樣，既然已經剃了頭髮，披上法衣，怎麼又化起濃粧，全身珠光寶氣呢？」

比丘尼答說：

「你們沙門在山中修道，又怎麼可以收拾別人的財物，佔為己有？像你這樣貪欲，忘了修行，不懂人生無常，最後只有使罪報拖延而已。」

接著，比丘尼又出口為沙門說一首詩偈：

「比丘謹慎戒，放逸多憂愁，變諍小故大，積惡人火焚；守戒福致喜，犯戒有懼心；能斷三界漏，此乃近涅槃。」

比丘尼說完偈語，便現出佛身，相好光明，沙門見了，吃驚頂禮佛陀，十分懺悔地吐露肺腑的話說：

「我太愚昧了，違反佛的教法，而今不知要怎樣補救呢？」

佛陀即刻作詩偈答說：

「若前放逸，後能自禁，是照世間，念定其宜；
過失為惡，追覆以善，是照世間，念善其宜；
少壯捨家，盛修佛教，是照世間，如月雲消；
人前為惡，後止不犯，是照世間，如月雲消。」

這位沙門聽了佛說，貪念立刻消失，頂禮佛陀之後，回到樹下繼續修「數息觀」，直到妄念消除，身心清淨，終於證得阿羅漢果了。

㈡從前有七位比丘入山學道，修了十二年，都不能得道，便以為學道太難，不如回家結婚生子，發展事業，快心樂意，於是七人便動身下山。

佛陀洞悉這七人應該得度，見到他們不能忍受小苦，最後將墮下地獄，於心不忍，便化身一位沙門，走到山谷口，剛好遇到這七位比丘。

沙門向他們說：「久仰你們在山上學道，今天為何下山呢？」

他們答說：「因為學道太苦，罪根難拔，每人下山乞食，都受人嘲笑侮辱，若待在山裏，又無人來供養，所以，我們打算下山回家，做生意賺錢，等老了再來學道。」

沙門聽了便告訴他們說：

「且慢！請諸位聽我說，人命無常，朝不保夕，學道雖難，但可以先苦後樂。須知居家如火宅，你們這樣還俗回家，將會千萬劫不能停息。世人妻兒團聚，希望永遠快活，就像病人服用毒藥，是有害無益。三界眾生皆有煩惱，唯有信道持戒，無放逸之心，精進修行，追求證悟，才能永遠斷除各種苦惱。」

接著，沙門便顯現佛陀身相，光明美好，說了下面偈語：「學難捨罪難，居在家亦難；會止同利難，艱難無過有。比丘乞求難，何可不自勉；精進得自然，終無欲於人。有信則戒成，從戒多致寶；亦從得諧偶，在所見供養。一座一處臥，一行不放恣；守一以正心，心樂居樹間。」

七位比丘聽了十分慚愧，便在佛前頂禮悔過，再回到山中，他們努力精進修道，深思佛的偈義，終於斷除妄念，證得阿羅漢果位。

《阿闍世王經》也有一段涉及退轉的記載，內容如下：

佛陀座下有兩百個神，雖然對覺悟有些信念，無奈，他們的心意容易動搖，有意要退轉。他們暗自尋思，因為佛法浩翰無邊，若要成佛作祖極端困難，他們不想修習菩薩道，乾脆成就阿羅漢和辟支佛，之後就入涅槃。

佛陀明白他們有能力當菩薩，而今想要退轉，便即刻用神威讓一位長者現身了。老者手持鐵鉢，鉢中放有百味飯，走到佛的面前頂禮，再一面呈上鉢飯，一面稟告：「請佛接受這鉢飯吧！」

（之後，佛展示神通，引出一連串前世因果，藉此開示徒眾下段精彩的話）

佛陀告訴舍利弗說：「若想快入涅槃，就得像我一樣，必須發心成佛才行。所謂快，也不會勝過一切知，因為一切知是通行無礙，非常尊貴，沒有界限的最高證悟，超級的，非常令人歡喜的，超越聲聞與辟支佛，若想早入涅槃，就該發心追求這種一切知。」

佛一說完話，一萬人全部發起無上正等正覺心。那群比丘如舍利弗、目犍連、阿難、舍比、大迦葉、難陀、須菩提等紛紛向佛腳頂禮讚嘆：

「不論男女都得發起高貴心去求道，佛曾用千百種方法給我們說明，因為聲聞不肯發起菩薩心，後悔當阿羅漢，所以至今才沒得到什麼利益，成佛種子燒毀了，我們都成了裝不進菩薩心的器具……若能發起正等正覺心，那他會像大地一般利益天下眾生……。」

禪宗也有下則公案指出修習佛法還沒有成功，就有意離開，無異放棄本份，幸好有位大德善用方便，反而收到「以進為退」的功效，徹底摧毀對方的倒退念頭。

靈訓禪師在廬山歸宗寺參學時，有一天動了下山的念頭，就來向歸宗禪師辭行。

歸宗禪師問道：「你要到那裏去？」靈訓禪師就照實回答：「回嶺去。」歸宗禪師慈悲關懷地說：「你在此參學十三年，今天要走，我應該為你說些佛法心要，等你行李整理好，再來找我一下。」

靈訓禪師將整理好的行李先放在法堂門外，就穿了海青，披了袈裟，依佛門的禮儀去拜見歸宗禪師，向他辭行。歸宗禪師非常親切的說道：「天氣嚴寒，途中善自珍重。」靈訓禪師聽了這句話，當下頓悟。

總之，一句慈悲關愛的話，阻止了退轉念頭。

七、恨死對方　不肯罷休

孫悟空一路上降妖伏怪，除了極少數外，其他情況都是雙方拼個你死我活，誓不兩立。原因很明顯，妖怪要吃唐僧，而孫悟空等人要護送師父上西天，立場相反，利害衝突，一旦雙方有了接觸，較量幾番之後，彼此都憎恨對方，不達目的不干休。

哇！這種憎恨心非同小可，不是幾陣惱怒過後，便能言歸於好，反而愈來愈劇烈，雙方也愈來愈苦惱，非等到對方死了才能息怒解恨。

《佛學辭典》說，「恨心」也是煩惱之一，會妨礙佛道修行。但「恨」與「忿」不一樣，前者是指本人對於憎恨的事情與人物永遠忘不了，結怨極深，而不是暴怒之後，就能一筆勾消。《順正理論》卷五指出「恨」與「忿」的差異如下：

「如樺板火，其相猛利，而餘勢弱，說名為忿。如冬室熱，其相輕微，而餘勢強，說名為恨。」

僅就猛烈程度說，忿怒比憎恨強，但沒有餘勢，不會記仇和懷怨。關於憎恨強烈的例證，佛經記載不少。例如《六度集經》第六——

在一座深山裏，有兩隻龜王，各有一群部下跟隨。附近有一群守宮棲息，牠們爬上樹，墜下來，又攀爬上樹，一直如此反覆，沒有一天安寧。一隻龜王看見，馬上起覺悟，暗忖住此有危險，說不定那天，這種災禍會降臨到自己身上來，不如趕緊離開，找個安全地方定居。於是，牠毅然率領一群部下離去。然而，另一隻龜王不聽勸告，認為牠杞人憂天，便我行我素地繼續住下來。

這樣過了十幾天，一頭巨象率領大群部下進入山裏來了，先在大樹下休息，準備恢復疲勞。突然，牠目睹守宮反覆爬到樹上又掉下來，其中一隻竟掉到巨象的耳朵裏，讓巨象叫苦不迭。部下看見驚慌失措，大象只知來回狂奔，不曉得怎麼辦？

結果，那群小鳥龜經過象群狂奔踩踏之後，紛紛死去了，只有龜王倖免於難，憶起當初自己不聽同伴勸告，執意要留在此地，而今環視部屬紛紛死去，牠不但不反省自責，反而懷恨離去的那隻龜王：

「你事先知道會有這種情況發生，為什麼不明講呢？只顧自己逃走，未免太自私。現在我要死了，你自己卻活了下來，這樣可以了你的意吧？但以後永遠也難消我心頭的憎恨，如我再投胎轉世，遇到你，我非殺死你不可。」

果然，牠懷著無限的怨恨死了。

總之，憎恨心像一顆惡種子，也似一團烈火，但可用佛教的智慧——寬恕，包容和慈悲來化解，否則，會一輩子不能看開和快活，甚至死不瞑目，或含恨死去。平時常聽江湖上傳言：「冤家宜解不宜結」、「得饒人處且饒人」。目的勸人不要執迷「君子報仇十年不晚」，和「有仇不報非君子」。的歪理，這樣只會折磨自己，也會困擾對方，與其這樣，何不一笑泯恩仇，輕鬆過日子呢？

請讀者們信受奉行《法句經》下面的偈語：

「在這世界上，決不能以怨恨止息怨恨，惟獨無怨恨才可以止息，這是永恒的真理。」

八、忿怒情緒　煩惱之一

孫悟空是天生急性子，脾氣暴躁，總之，他性如烈火，被人嫌不得，說不得；一看不順眼，或一不如意，就會暴跳如雷，怒火中燒，不是破口大罵，就是大打出手，書中有一段生動的描寫——

孫悟空被玉皇大帝封作「弼馬溫」，就欣然上任，認真作業。一天，他忽問眾仙人，這「弼馬溫」是個什麼官銜？幾品級？眾仙人答說：「未入流」，孫悟空又問什麼意思？眾仙人坦率說，這樣官兒最低最小，只可與他看馬……孫悟空一聽心火大起，咬牙大怒說：

「這樣藐視老孫，老孫在那花果山，稱王稱祖，怎麼哄我來替他養馬？養馬者，乃後生小輩，下賤之役，豈是待我的？不做他！不做他！我將去也！」

忽喇的一聲，把公案推倒，耳中取出寶貝，幌一幌，碗來粗細，一路解數，直打出御馬監，逕至南天門了。

後來，唐僧與孫悟空也曾三番兩次鬧意見，因為唐僧是凡夫俗子分辨不出對方是妖或是人，眼見孫悟空一出手就傷害對方，於心不忍，結果雙方起了口角，唐僧惱怒之下，口中唸起咒語來，害得孫悟空忽然頭痛得地上打滾，苦苦哀求，有時還被迫離去。還有豬八戒也經常惹火了孫悟空，致使孫悟空忍不住破口大罵……總之，師徒三人經常因故惱怒，片刻後又言歸於好，一點兒也不會含恨在心……。

依佛法說，忿怒是由瞋心而起，情緒十分剛烈強猛，但卻沒有餘勢，不會持續很久，然而，它不能使人自在清爽，反而有害身體，更會阻礙世人修行佛道。依俱舍宗說，忿怒是一種「小煩惱地法」；唯識宗說，它是一種「小隨煩惱」，跟欲界息息相關，一旦聽到不中意的話，或目睹不滿意狀況，則會心中大怒，惡言惡語，或採取粗暴行動，但這股怒氣很快會過去，剎那後雨過天晴，彷彿無事一般，絕對不會惡化成奸險狡詐，心存憎恨的。

《雜寶藏經》卷七有下列記載——

波羅奈國有一位仙人，常到城裏教化年輕人，規勸他們要出家修道，城裏諸神大為憤怒，警告仙人說：

「你不要再勸年輕人出家啦！若肯聽我勸告則罷，否則，我要捉住你的雙腿，丟到海裏去。」

仙人聽了不動聲色，手指身旁一個洗澡盆說：

「你不妨先動一動這個盆子，若有本事移動它，那你便有能耐把我丟到海裏。」

城神一聽，非常惱怒，就使出全力想要搖動盆子，無奈，盆子絲毫不動。這一來，城神反而惶恐起來，同時甘心追隨城裏的年輕人皈依了仙人。當然再也不會惱怒了。

下則《星雲禪話》又有類似的例子：

禪門中不乏奇僧異士，可以隨機製造忿怒，又藉此引導對方，收到方便教化的奇效。例如，坦山禪師和雲昇禪師，同門學道參禪，但兩人性格完全不同，師兄坦山不拘小節，菸酒不戒，人人瞧不起他；反而師弟雲昇為人穩重，莊敬自律，不苟言笑，很受信徒敬佩。

一天，坦山正在喝酒，雲昇從他身邊經過，坦山叫他說：「師弟！你也來喝一杯酒吧！」

雲昇禪師不屑地譏諷說：「沒出息，菸酒不戒，還修什麼道嘛！」

坦山微笑說：「不管那麼多啦！你來一杯吧！」

雲昇邊走邊說不喝，坦山不高興地說連酒都不會喝，真不像一個人！不料，雲昇一聽，停下腳步，憤怒問說：「你怎敢罵人？」

坦山不解地問說：「我幾時罵你呀？」

雲昇氣憤地說：「你說我不會喝酒，就不像人，不是明明在罵我嗎？」

坦山：「你的確不像人！」

雲昇更加怒不可遏地反問說：「我怎麼不像人？你說。」

不料，坦山卻笑迷迷地說：「我說你不像人，就是不像人呀！」

這一來，雲昇暴跳如雷，大聲怒問他說：「好呀！原來你敢罵我！那麼，我問你，我不像人像什麼？你說呀！」

坦山慢斯條理地說：「你像佛！」

雲昇一聽，不禁錯愕了。

沒錯，忿怒雖然有害身心，但運用之妙因人而異，尤其有修行的人可以借力使力，讓對方因怒得益，不但輕易化解對方滿肚子忿怒，還能使他心服口服，受用不少；不過，忿怒者自己也不能太任性，任由忿氣一味發洩下去呀！

九、悟能與悟淨　修行有高低

豬八戒前世在天上雖是一位元帥，可惜投錯了胎，才生出一副笨豬的半人半豬相，他在西行路上一直扮演愚蠢的可笑角色，經常被孫悟空呵斥和捉弄，也讓唐僧啼笑皆非，而這剛好跟孫悟空的精明能幹成了相反搭配，今想談談豬八戒在佛教修行的幾點缺失：

首先是愚痴，因為他不懂因緣果報，一味表現獃子狀，情緒心，有時誤了要事，例如他不能分辨正邪，不知對方是妖怪或人類，有時故意在唐僧面前說三道四，跟孫悟空做對，佛法叫做無明。例如《百喻經》下則說話：

從前有一個漢子，養有二百五十頭牛。他經常趕著牛群到水草豐盛的地方去吃草。

有一天，一隻老虎吃掉了他的一頭牛。牛主人心想：「我已經失去一頭牛，再也湊不成完整的數目了，我還要這些牛有何用呢？」

於是，把牠們趕到一個深坑旁邊，全部推入坑中殺死了。

佛經上說：「無明者於諸事理迷暗為性，能障無痴一切雜染所依為業，雜染所依者，由無明起痴邪見貪煩惱業能招後生雜染法故。」總之，不明事理，顛倒因果者也。

其次是嗜睡如命，豬八戒經常開小差去偷睡，而不顧自己的責任，依佛法說，睡眠會使心智昏庸，不能自在。《唯識論》說：

「眠謂睡眠令不自在昧略為性，障觀為業，謂睡眠位身不自在，心極闇劣，一門轉故，昧簡在定，略別寤時，令顯睡眠非無體用，有無心位假立此名。如餘，蓋纏，心相應故。」

至於睡眠的原因，也有下列諸經指出：

《正法念經》說：「蟲左心內，蟲睡則人睡，又心疲即熱，多睡眠纏故。」

《法句經》說：「有一比丘多著睡眠，佛乃彈指令彼覺之曰，汝曾宿生身，為蛳螺蚌蛤食木蟲來，所以多睡等也。」

睡眠的種類在《法苑珠林》卷記載：

《解脫論》說：「一從心，二從食，三從時節，睡是身心二懈怠相，睡是身，懈怠是心也。」

《發覺淨心經》說，佛告彌勒菩薩言，菩薩當觀二十種睡眠諸患，何等二十。一、樂睡眠者當有懶惰。二、身體沉重。三、膚皮不淨。四、皮肉麁澁。五、諸大穢濁；威德薄少。六、飲食不消。七、體生創疱。八、多有懈怠。九、增長癡網。十、智慧羸弱。十一、善欲疲倦。十二、當趣黑闇。十三、人不恭敬。十四、稟質愚癡。十五、多諸煩惱；心向諸使。十六、於善法中而不生欲。十七、一切白法能令減少。十八、恒行驚怖之中。十九、見精進者而毀辱之。二十、至於大眾被他輕賤。

睡眠的性質是不善不惡，如《婆沙論》說：

「若夢見禮佛等事即善性，若夢見殺生事即不善性，夢見青黃等即無記性。」

請讀下則《阿育王經》的說話，大意如下：

摩偷羅國的伏波笈多門下，有一位很難悟道的修行者。他生性貪睡，雖然，師父常常告誡他，但他依舊不能悟道。

有一天，師父命令他到樹下打坐，清風徐來，反使他的睡意更濃，他終於又睡著了。師父認為機不可失，就造了一個鬼，這個鬼有七個頭，看起來更恐怖。牠飛到樹枝上倒立，張牙舞爪，氣勢咄咄逼人，想要吵醒熟睡中的修行人。

修行者睜眼一看，那個恐怖的東西，差點兒就要碰到自己的鼻子，他嚇得雙腳發抖，連爬帶走，才跑回師父的身邊，師父極嚴肅的問他：

「你怎麼回來了呢？」

修行者嚇得牙齒直打哆嗦，一面發抖，一面說：

「師父有所不知，那邊的樹林裏，有一個十分可怕的七頭鬼，倒掛在樹枝上，恐怖的狀況，實在說不清楚。」

「不過，你回來的時候未到，所以，你該回去安心打坐。」

師父說話一向冷漠莊嚴，然而，修行者猶有餘悸，只是站著目瞪口呆。

師父看他那個樣子，又說：

「鬼有什麼好怕，比這還可怕的東西，比比皆是，你卻不怕它，那就是打瞌睡。鬼妨礙你打瞌睡，而睡覺卻妨礙你證悟，鬼只妨礙一個身，而睡覺卻妨礙無量身。鬼不能讓人停在生死世界，而瞌睡卻能讓人永遠停在生死世界，輪迴不息，你明白了嗎？如果懂了，就快回去打坐。」

在師父教誨後，返回原地一看，七頭鬼仍然恐怖，修行者在惶恐地打坐，但恐怖不再妨礙他睡眠，而他能專心精進，不久，果然得悟，證了阿羅漢果。

愛睡懶覺自然跟怠惰不能分開，豬八戒也不能例外，修行人常常要以精進自勉，依據《菩薩本行經》說，懈怠會害人不淺，若在家信徒好吃懶做，不趁年輕打拼，老年就會有衣食之虞，事業更別說了，出家人懶惰，肯定不能開悟。依據《六方禮經》記載，佛陀曾向一個名叫尸迦羅越的人，講述懈怠有下列幾種狀況：

㈠時間多不肯做事。

㈡時間晚不肯做。

㈢天冷不做事。

㈣天熱不做事。

㈤飢餓不想做。

㈥飽食不想做。

出家修行不是剃光頭髮，披上袈裟，便算有智慧，斷除了煩惱，期間要靠不斷精進，斷惡修善，不遺餘力，如果懈怠，肯定不能如願。

《大正藏》十五有下段話可以佐證——

在一座樹林裏，有一位年輕修行者在坐，可惜，他常常偷懶。樹林裏有一位神，也算是佛弟子。他潛入一副屍體裏，一邊唱歌，一邊舞蹈，走前來作偈說：

「森林裏那位小比丘，為什麼要偷懶呢？

倘若我白天這樣你還不怕，那我夜晚也會來。」

年輕小比丘驚慌之下，趕緊起立，心裏認真尋思，但一到半夜又呼呼睡著了。

不料，神又現身從十個頭的口中噴出火花，張牙舞爪，雙眼猶如火焰一般。只見他回顧說話，要抓住那位懈怠的比丘。同時口中說道：「不要在這兒偷懶，為什麼要這樣懶惰呢？」這位比丘聽了非常慌張，立刻起身，心裏尋思，並認真修法，最後才證得阿羅漢果。

豬八戒三不五時撒謊，頗不誠實，違反學佛修行的五戒（殺生、邪淫、偷竊、飲酒和妄語）之一，犯了妄語戒，會有以下十種惡報（摘自《大藏經》卷十三，一五八頁上段）。

㈠呼吸有臭味。
㈡善神會遠避，忘恩負義之徒會前來親近。
㈢縱使說出真話，也不能取信於人。
㈣不能加入智慧人群的討論會。
㈤經常遭人譏謗，人人都批評他說話差勁，臭名滿天下，無人不知。
㈥不能得到別人的尊敬，即使說出金言玉語，別人也聽不進去。
㈦經常悶悶不樂。
㈧種下被人譏謗的業因。
㈨命終以後，必定會下地獄。
㈩即使投胎轉世為人，也會不斷被人譏謗。

且說佛陀的兒子羅睺羅，年紀尚輕，還不懂妄語的利害。有一次，有人來訪：「佛世尊在嗎？」他居然騙說：「不在。」如果佛真的不在，若有人來問佛在嗎？羅睺羅反而撒謊說：「佛在。」那個人後來將此事告知佛陀。佛聽了便叫羅睺羅走前來說道：「你用洗腳的澡盆，去裝些水來給我洗腳。」

待佛洗完腳後，他又吩咐羅睺羅說道：「你去把澡盆翻過來吧！」羅睺羅依照吩咐，立刻將澡盆翻過來了。

佛又說：「你把水灌進去。」接著，佛馬上問他說：「水能不能灌得進去呢？」

羅睺羅答說：「灌不進去了。」

佛這時才教示他說：「不會慚愧的人，正是胡言妄語，矇在內心，猶如道法進不去一樣。」

妄語的內涵，包括欺騙，花言巧語和挑撥是非等。

《西遊記》裏，有幾次女色的考驗，結果也僅有豬八戒通不過這個障礙，其他如唐僧、孫悟空和沙僧都能遇女色不亂，心境平靜。出家修道對色情的戒律很嚴，這一項也是非常重要和難過的，《法句譬喻經》下則說話，可以明白佛陀如何教示徒眾度過女色這一關？大意如下：

某年，佛陀住在舍衛國祇園精舍說法時代，有一個少年比丘進城乞食，遇見一個美麗的少女，不禁心生色慾，相思難釋，結果生病了，臥床不起。

他的同修道友來探望他的病況，問他為何如此煩惱？這位比丘只好實話實說了。他的道友就勸他不要給愛慾壞了道心，但他都聽不進去，於是強扶著他，走到佛陀那裏，把事實原委告訴佛陀。

佛陀聽了立刻告訴他說：「你的願望很容易達到，可別成了相思病，壞了身體，你先去吃飯，然後我來替你想辦法。」

比丘聽了佛陀的安慰，果然很高興，心結也解開了。

之後，佛陀偕同這個少年比丘和弟子們一同進入王舍城，找到那個美麗少女的家，不料，那個少女已經死去，停屍三天尚未埋葬，女屍也已躺得發臭流出膿來。

這時，佛陀馬上告訴少年比丘說道：「你日夜思念的美麗女人，現在死了，人命無常，愚昧的人只看到外表，卻沒有看到另一面醜陋，以為纏綿歡愛的欲網，是個快樂之邦。」接著，佛陀又作一首詩偈說：

「見色心迷惑，不惟觀無常；愚以為美善，安知其非真？以淫樂自裹，譬如蠶作繭；智者能斷棄，不眄除眾苦。心念放逸者，見淫以為淨；恩愛意盛增，從是造牢獄。覺意滅淫者，常念欲不淨；從是出邪獄，能斷老死患。」

少年比丘眼見美女已死三天，面色睡爛，臭氣難聞，又聽到佛陀清淨的教示，便心開解意，自己迷誤，向佛頂禮，叩頭悔過。佛陀便授以皈戒，帶他回祇園精舍，努力精進，不久證悟羅漢果。隨行的其他大眾，見到色相原來如此不淨，乃相信無常之理，止息了貪愛之心。

還有《坐禪三昧經》也有下段「九想觀」的記載，教導修行佛道如何斷絕淫念的祕訣，大意如下：

「行菩薩道者，於三毒中若淫欲偏多、情意極濃、應先自觀身、骨、肉、皮、膚、筋、脈、流、血、肝、肺、腸、胃、屎、尿、涕、唾、三十六物、九想不淨、專心內觀、不令外念、外念諸緣、攝之令還。」

豬八戒很貪吃，《西遊記》第二十四回有一段描寫頗為生動——主人拿飯出來，擺在桌上，道聲「請齋。」三藏就合掌誦起齋經。八戒早已吞了一碗，長老的幾句經還未了，那獃子又吃足三碗。行者道：「這饢糠的，好道撞著餓鬼了！」那老主人倒也知趣，見他吃得快，道：「這個長老，想著實餓了，快添飯來。」那獃子真個食腸大；看他不抬頭，一連就吃有十數碗。三藏，行者各吃不上兩碗，獃子不住，便還吃哩。老主人道：「倉卒無餚，不敢苦勸，請再進一箸。」三藏、行者俱道：「夠了。」八戒道：「老兒滴答什麼，誰和你發課，說什麼五爻六爻，有飯只管添將來就是。」獃子一頓，把他一家子飯都吃得罄盡，還只說才得半飽……。

佛教強調節食，像豬八戒這樣率性吃法，完全違背佛法的飲食原則，如下列佛經記載——

摶食是由舌頭品味，用牙齒嚼啐，再送入胃裏的實際食物。我們不妨這樣觀察；譬如一對夫婦偕同一個獨生子，經過荒野途中，糧食耗盡，飢餓極了，與其三個人喪命於此，不如殺死愛子，吃他的肉來充飢，讓兩人的性命得以延續，才能越過眼前的艱難，於是，他們含淚殺了愛子，吃下他的肉。試問這時父母吃兒子的身肉，會在享受滋味嗎？絕對不會的，他們只是為了越過荒野，克服困難，也為了要延續生命，才會兩眼含淚，勉強吞下愛子的身肉，我們對於早晚的飲食，也必須要存在這種心態。若能如此，才能斷絕對食物的煩惱，若能斷絕對食物的煩惱，才能斷絕五欲利益的執著……。

（《雜阿含經》第十五）

還有《修行道地經》第二也有下列記載——

佛陀住在舍衛國祇園精舍的時期，某國王宮有一單位，專門負責狩獵作業。他們捕捉鳥類，剪下羽毛，關進籠子裏，之後選出較肥者，殺來供給每天的膳食。結果，鳥兒一天天減少了。

一天，被捕來的一隻鳥，暗自尋思：

「肥胖的先被殺死，一旦我長肥了，也照樣會被殺死。如果絕食不吃，則會自然餓死，以後最好節制飲食，不胖不瘦，保持中庸，起居容易，出入也方便，這一來，就不怕被人殺去煮了。以後，被剪下的羽毛也會生長，自然也就能逃出網洞，飛往自由的天地了。」

於是，牠實踐這項理念，幾個月後，果然飛出籠子了。

修行佛道亦是如此，如能節制飲食，身體會輕快。如不貪睡，則起居動作，或誦經課業，都能平靜穩當，大小便減少；淫、癡、怒等慾念也會降低，這樣就容易成就道行，節食的確有這些好處。

依據《法苑珠林》卷四十二記載：「厭食想」——世間飲食由不淨之因緣而生，觀其不淨如肉從精血水道生，是為膿蟲住處；又如酥乳酪從血變所成，與爛膿無異。用這樣來觀想，便能遠離對食物的貪著，而統一精神，故稱厭食想，係屬一種根本禪定之預備修行。

再談沙僧（悟淨）從流沙河起跟隨唐僧，一路上登山索馬，挑擔護送，默默地任勞任怨，從來沒有發過牢騷，就佛道修行來說，他表現出色，幾乎跟唐僧不差上下——信心十足，不貪不瞋，和不放逸。《舊雜譬喻經》下則故事，大體上可以反映沙僧的風範——「一諾千金，貫徹始終。」

一位美貌而行將出嫁的姑娘，在吉日前幾天，跟一群閨中密友舉行惜別會，興高采烈之際，一個橘子從樹上掉下來，一大群人眼睜睜看著橘子落下，卻沒人下樓去撿橘子，準新娘只好自己下樓來。誰知一個年輕男人已經撿起橘子，她央求對方送還，卻很意外地聽到對方提出一項奇怪的要求：

「我當然會還你，不過，你嫁去夫家時，先得到我這裏來一趟，我才肯給妳，不然我不還好了。」

她只好答應了，對方也還給了她橘子。

幾天後，她嫁到夫家，不過，她老實向丈夫談起自己有約在先：「我發過重誓了，我要去見那個男人，再回來做你的妻子。」

丈夫答應了她，她出城不久，便遇到一位強盜，她哀求他放行，因為自己發過重誓，要實踐誓約，才免於賊難。不久，她遇到一個食人鬼，她又向他叩頭，表示自己起過重誓，非去履行不可，才得以脫身。最後，她來到那個年輕男人家，對方笑容滿面迎接她，誇讚她履行約定，重視信譽，不但設宴祝賀她，也贈她一份厚禮。最後，她依然忠實回到丈夫身邊去了。

十、誠心與恒心　圓滿大功德

《西遊記》說，唐僧師徒路上遇過八十難，還少一難，最後也補上一難，始得大功告成，圓滿了功德，最後在如來佛面前受封時，佛祖特別稱讚孫悟空隱惡揚善，貫徹始終……。

沒錯，唐代從中國去印度，一路上可說千艱萬險，備嚐辛酸，說也說不盡；期間，必須要靠自己堅忍不拔的意志力，所謂「有志竟成」者也。佛經有極豐富的譬喻和說話，很生動精彩地詮釋這顆「堅定心」與「恒心」的內涵。例如《雜寶藏經》下則故事：

在迦尸國與比提醯國之間，隔著一大片荒野，那裏居住一個惡魔叫做沙吒盧，人人都怕他，誰也不敢單獨通過那片荒野。

一位商隊領袖叫做師子，一天，他率領五百名商人，想突破這個無人敢通過的荒野地。這大隊商人事先聽說惡魔的消息，都心生惶恐，竭力勸阻師子隊長，誰知隊長充耳不聞，反而理直氣壯地說：

「害怕的人，不必來，諸位只要跟在我後面走就行了。」

大隊人馬只好陪伴隊長，冒險去突破這片荒野。隊長走在前頭，漸漸走到荒野中央，果見那個惡魔——沙吒盧在前方現身。師子隊長大聲喝道：

「難道你沒聽過我的大名嗎？」

「當然聽過，為了跟你決戰，才特地出來等你啦！」

師子聽到惡魔的答話，怒不可遏，一面吼叫：「難道我會輸你不成？」一面放箭射去，五百名商人也跟著一齊放箭了。然而，這利箭不聲不響地，紛紛進到惡魔的肚子裏去。放箭不管用，商人們便改用刀、杖和其他武器，走前去向惡鬼猛砸。結果也和放箭一樣，所有武器全部深入鬼腹中，對方卻毫無痛苦的樣子。

最後，隊長握緊拳頭向惡魔突擊，不料，他的拳頭也不聲不響地深入鬼腹裏。接著，他的兩隻腳也被吸入鬼腹裏。他只好用頭顱猛撞，結果連頭顱也進入鬼體裏。

「怎麼樣？你的手腳、頭、刀和所有武器，全部進去我的身體裏，我看你還是乖乖投降吧！」

「沒錯，我的手腳、頭顱、刀杖等全部被你吸去，可是，我的心你吸不走。我仍然不死心、不動搖、不休息，要跟你繼續戰鬥，我根本不怕你。」

惡鬼聽了很敬畏他的精進心，便寬恕他們一夥人的性命。

西方路上的妖精鬼魔，全都類似這個惡魔，但卻沒有半點兒同情心，只會迫使孫悟空拼死拼活，硬幹到底，幸虧孫悟空那顆遇強更強，威武不屈的決心與恒心，才能驚險過關。《六度集經》有篇故事，彰顯孫悟空的使命感及責任心，面對極大困境時，依然表現得很強烈，很卓越，跟下篇主角的風範一樣，讓人頂禮，讓人讚嘆！

某地海邊住有一個漢子，天資聰明，心地厚道，也極孝順父母。可是，他的親屬及近鄰都貧困苦惱。他也以憐憫心與責任心自我責備，恨自己幫不上忙。他時常救濟大家，費盡心機，無奈，窮人實在太多了，若想靠一般救濟方法，根本不能徹底解決問題。最後，他想出一計，要出海去找如意寶珠。他備妥各項航海工具，便起帆出發。途中，他遇到一個正從海外歸來的異人，當對方的船跟他的船擦身而過時，對方發問：「你要去那兒？」

「我要找尋如意寶珠。」

他敘述了自己找它的理由，誰知對方聽了，馬上露出同情的表情。之後對他說，自己幾年前，也同樣想去找這種寶珠，曾經爬山越嶺，離鄉出海，期間遇到數不盡的艱辛危險，好幾回差一點喪命，結果徒勞無功，空手返鄉。對方警告他說，自古至今，去找如意寶珠的人數，何止成千上萬，但誰也沒拿到手。所以勸他趁早息了這個念頭，打道回府，才是聰明的辦法。

當這位陌生客說完一大堆忠告和危險經驗，他反而勇氣倍增，毫不畏縮。原因是，他內心受到以下三種因素的鼓舞和激勵。

一是救助父母，兄弟和親友的貧苦，除了從海底找到這種寶珠外，實在想不出別的辦法。

二是回憶自己當年貧困時，受過不少富裕親戚們的關照，而今他們也不幸貧困，倘若自己不設法回報，空手回去，實在不夠義氣。

三是許多富豪家裏，使婢喚奴，那些婢奴也是因家庭貧苦，才任人謾罵指使。倘若找到寶珠，便能立刻救助他們脫離苦難了。

每當他想到這些理由，便生起百折不回的意志，最後果然撈到了寶珠，也救出所有想要拯救的親友們。

第四章　佛道名相面面觀

一、西方世界　娑婆穢土

《西遊記》裏，神通或法術造詣最高明者，恐怕要數西天如來佛？因為孫悟空的本事再厲害，也逃不出如來佛的手掌心，那麼，西方如來又是何方神聖呢？距離又有多遠呢？西方：指西方極樂世界，也叫西方極樂淨土。

《阿彌陀經》說：「從是西方，過十萬億佛土，有世界，名曰極樂；其土有佛，號阿彌陀，今現在說法。」意謂從這個世間向西去，經過十萬億佛土的彼處，即是阿彌陀佛居住的極樂淨土。

《無量壽經》也記載，往生到那裏後，會享受各種快樂。例如身上有三十二相，且有神通，眼耳鼻舌身處在十分微妙的狀況，心中舒暢，自在逍遙，因為他們都開悟了。

據說現在的藏經中，有關彌陀與極樂的著作多達兩百餘部。北傳佛教裏，極樂世界的信徒十分普遍，近代學者對於極樂世界的方位、距離、淨土的本體，及其思想起源等有許多說法。現在，我只摘要日本佛學者定方晟教授的見解於下：（出自大展出版社《須彌山與極樂世界》）

極樂世界到底在那裏呢？這有兩種說法，一種是在三界之中，另一種在三界之外。意見紛紛，沒有定論，原因是三界根本屬於古典宇宙觀的說法，然而，佛國土在這項宇宙觀中不曾提到過。

據說從我們居住的娑婆世界到達極樂淨土，距離有「十萬億」，到底這個數目有多遠呢？梵文《無量壽經》上說，那是Śata-Sahasra-Koti-nayuta，梵文本的《阿彌陀經》也說Sata-Sahasra-Kati。所謂十萬，便相當於Sata-Sahasra（100×1000）的部份。那麼，億也沒有相當於Koti-nayuta或koti的某一邊，似乎那一邊都不是。因為億等於100,000（當初不是現在的數目100,000,000）koti等於10,000,000，而nayuta等於100,000,000,000。

除了佛教徒外，一般印度人習慣把 Koti 說成 10,000,000，把 nayuta 說成 1,000,000。不論我們怎樣組合以上數目，都會發現印度傳說與中國傳說不一致。也許當初中國人常用億這個字來表示最高數位，而「十萬億」也許意謂一個最大數字也說不定。「佛國土」到底有多寬，多大也不知道。總之，所謂「十萬億佛國土」，只能說非常的遠距離，表示非常遙遠的西方。

那麼，西方極樂到底是怎樣的所在呢？顧名思義，那裏是個極快樂的地方，沒有我們這個世界的一切苦惱。

除了毫無苦惱之外，我們還有一個印象，那裏的風景非常優美。例如有七層欄楯，七層羅網，七層並排的樹木，都用四寶（金、銀、琉璃、玻瓈）來製飾。還有七寶（金、銀、琉璃、玻瓈、硨磲、赤珠、瑪瑙）的池塘，池塘蓄滿八種功德的水。池底鋪著金沙，池塘周圍有走廊，那也是用四寶嵌造出來的。走廊上面有樓閣，那也是用七寶製飾的，池裏有燦爛蓮花，大小如車輪。

青色蓮花散出青光，黃色蓮花放出黃光，紅蓮放紅光，白蓮也放白光。香氣濃艷，到處飄蕩。天上有樂聲傳來，不論清晨和晝夜，都會降落曼陀羅華的花，積滿在黃金的地面上。那個淨土的芸芸眾生，每天早晨都在衣服的邊端撿起鮮花掛著，之後送往其他十萬億佛土的世界去供養。每到飲食時刻，便回到自己的國土來飲食和經行。

還有白鵠、孔雀、鸚鵡、舍利、迦陵頻伽等各種不同的鳥兒，在早晨，白天和晚上，都唱出動人的歌聲，內容都是佛的教理，眾生聽了便想到佛、法和僧。微風吹來，四寶嵌進的樹木與羅網，便發出沙拉沙拉的聲音，好像悅耳的交響曲一般。

在這個國度，有觀世音和大勢至兩位菩薩伺候著阿彌陀佛。還有無數因為信仰他而轉世到那裏的有德之士。不過，他們全部都是男人，凡是前輩子信仰阿彌陀佛的女性，都能投胎到那裏，但卻換了男性的形狀，不再是女兒身。意謂女性本來低劣不幸，而極樂的一切都很幸福。所以，女性才能轉變為男性。

倘若要投生去那裏，光靠一點兒善行是不夠的。只要肯念阿彌陀佛的名號，一天，二天，三天，四天……七天，努力念到一心不亂，那麼，待他死時，阿彌陀佛偕同諸位聖者來到他面前，他臨終的心情會很平靜，才能被迎接到極樂淨土去。

跟西方淨土或極樂世界相對的地方，就是我們居住的娑婆世界，也是釋尊——釋迦牟尼佛出世的舞台，和教化活動的對象，而這個娑婆世界卻是一塊穢土，芸芸眾生需要教化，把迷界的眾生引導到那裏，即西方淨土去。

如來即是佛的尊稱，意謂某人由真理而來，而成就正覺，所以叫做如來。長阿含卷十二《清淨經》說：「佛在初夜成最正覺及未夜後，於其中間有所言說，盡皆如實，故名如來。復次，如來所說如事，事如所說，故名如來。」還有《大智度論》卷五十五說：「行六波羅蜜，得成佛道……故名如來……智知諸法如，從如中來，故名如來。」總之「如來」的稱呼，亦為諸佛者的通號。

《西遊說》說：「如來佛祖滅了妖猴，即喚阿難，迦葉回轉西方極樂世界。」乍讀下，這位如來佛祖好像釋迦牟尼佛，其實不是，釋迦牟尼佛始終住在娑婆世界，成佛之後，努力教化眾生，且阿難和大迦葉都是他的弟子，在佛陀入滅後，阿難和大迦葉在佛法第一次結集時，扮演關鍵性角色，故對於佛法傳承功不可沒。

二、西天與靈山　到底在何處？

《西遊記》提到如來佛住在西天的靈山上，到底西天在那裏？靈山又是一座什麼山呢?不消說，那個佛祖居住的西天，正是今天的印度，那座靈山也叫靈鷲山，或耆闍崛山，位於中印度摩羯陀國首都王舍城的東北側，的確為當年佛陀經常說法的地方。據說佛祖時時在那裏講法華經等大乘經典，以致成了佛教勝地。

這座山名的由來有兩說，一說是山頂形狀彷彿鷲鳥，二說是山頂棲息眾多的鷲鳥，所以取名為靈鷲山……。

一位英國考古學家康林罕，依據《大唐西域記》與高僧《法顯傳》的記述，推定該山於今天的貝爾哈州的拉查基爾東南方，另外調查得知新舊王舍城之間，有一條向東綿延的山峽，山峽北區聳立一座海拔千尺的秀麗山峰，其南面中腹約有二二四公尺的一座巖台，稱為查塔基里，這裏是佛陀當年多次演講妙法的耆闍崛山。

跟佛陀同時代的摩羯陀國頻婆娑羅王，為了聆聽佛法，曾經大興土木，自山腰到山頂，編排石塊為階，廣十餘步，長約三公里。山頂上有一座法台為佛陀當年說法之處，可惜到今天僅存紅磚牆基。

此外，尚有佛教古跡多處，例如提婆達多投石擊中佛腳處，佛與舍利弗等諸聲聞入定的石室，阿難遭受魔王擾亂之處，佛陀在此宣說大品般若經，金光明最勝王經，無量壽經等處。

孫悟空學會神通和「觔斗雲」，可以上天落地隨心所欲，從他大鬧天宮，到輔佐唐僧上西天，期間不知上過多少次南天門？反正他對天上仙宮是識途老馬，非常熟悉。佛教所謂天下、天道、天界或天上界又如何解說呢？跟孫悟空常去那個玉皇大帝管轄的天界一樣嗎？

佛經記載，天上世界是距離地面很遙遠的上方，依次為四大王眾天（又稱四天王；即持國天、增長天、廣目天、多聞天等及其眷屬的住所），三十三天（又稱忉利天，此天的主人叫做釋提桓因，即帝釋天），夜摩天（又稱焰摩天，第三焰天），覩史多天（又稱兜率天），樂變化天（又稱化樂天），他化自在天（又稱第六天，魔天），合稱「六欲天」，意謂欲界的六個天。

其次是色界的天，大體上為四禪天，共有十七天（或十六天、十八天）。即初禪天、有梵眾天、梵輔天、大梵天等三天。第二禪天有少光天、無量光天、極光淨天等三天。第三禪天有少淨天、無量淨天、遍淨天等三天。第四禪天有無雲天、福生天、廣果天、無煩天、無熱天、善現天、善見天、色究竟天等八天。初禪天、第二禪天、第三禪天之九天，均為生樂受樂之天，故稱樂生天。大梵天王又稱梵天，與帝釋天並稱為「釋梵」；若再加上四天王，則稱為「釋梵四王」，都是守護佛法的善神。

以上諸天中，四大王眾天與三十三天，住在須彌山的上部，故稱地居天。夜摩天以上則住於空中，故稱空居天。這些諸天居住的宮殿，稱為天宮、天堂。諸天所居愈在上方，則天眾的身體愈大，壽命也逐漸增長，肉體條件亦愈加殊勝。

此外有無色界的諸天，係由空無邊處天，識無邊處天，無所有處天，非想非非想處天（**有項天**）等四無色天形成。此等諸天均屬無色（**超越物質**）之天，故無住處。在四大天王眾天，或三十三天中，若因起瞋心或沉迷遊戲之樂，而失正念者，會從天界墮落。前者叫意憤天，後者叫戲忘天。

北本《涅槃經》列舉四種天——(1)是世間天，謂十方世界切剎土中，諸大國王雖居人世卻享受天福，故稱世間天。(2)是生天，一切眾生修行五戒十善之因，故所得果報是，能生欲界天、色界天或無色界天，稱為生天。(3)是淨天，謂聲聞、緣覺二乘斷除各種煩惱，修得神通，變化自在，清淨無染叫做淨天。(4)是義天，十住菩薩善解諸法之要義，稱為義天。

日本佛學者定方晟教授在《須彌山與極樂》一書裏，也對佛教的「天」有一番註解。他說「天」意謂神，「天界」卻意謂著空間。但「天」也意謂空間的天，因為印度字的名詞及其衍生字的字形幾乎相同。例如印度字的「三十三天界」和「三十三天界的住人」，中國同樣譯作「三十三天」。

須彌山露出水上部份是正立方體，每邊長達八萬由旬。這個立方體的下半部是四天王，和他的一群部屬居住的地方。這個住處是四層建築物，距離水面一萬由旬（一由旬約有七十公里）的高處……最上邊是四天王及其親屬的住處。四天王是指東方的持國天，南方的增長天，西方的廣目天，北方的多聞天。

四天王的部屬居住下面三層，而他們的部屬又有別處殖民地，例如持雙山等七座山脈和太陽、月球等處。

在須彌山頂上有「三十三天住處」，即「忉利天」。山頂中央有一座城叫做「善見」，城中有一座殊勝殿是帝釋天居住的……四天王及其部屬，和三十三天眾都住在地上，稱為「地居天」，另有「空居天」表示住在空中，從須彌山頂往上延伸，有「夜摩天」及其眷屬居住的空中宮殿。夜摩的天宮上面，有一座兜率天居住的宮殿，從此再向上延伸三十二萬由旬，就有「樂變化天」的天宮，從此再向上延伸六十四萬由旬，便有「他化自在天」的天宮。

地上住有「四天王及其部屬」，和「三十三天」，加上空中居住四種天，共計六種天；雖說天即是天神，其實跟人類沒有太大的差別，力氣也許稍大些，但道德方面仍不太圓滿，因為他們受制於慾望，才叫六欲天，即使這樣，他們仍在高處修行，也始終在愛欲控制下，他們跟人類一樣，仍靠性器官接觸，才能熄滅強烈的慾火，惟一不同於人類者，就是沒有射精作用。

因為洩風替代射精，才能使他們脫離悶熱苦惱。至於空中諸天，夜摩天只要輕輕擁抱對方，便能迅速脫離熱惱。兜率天只要緊握對方的手，便能脫離熱惱。樂變化天靠相互微笑，而他化自在天要靠面面相覷，才能脫離熱惱。

他們不必性交射精，只靠洩風，也照樣能生男育女。但生育方式跟人類大異其趣。《俱舍論》說：「男女諸天。若在膝蓋上生下天童或天女……。」四天王及其部屬的出生情狀，即是五歲的樣子；三十三天是六歲的樣子；夜摩天是七歲的樣子，兜率天是八歲的樣子，樂變化天是九歲的樣子，他化自在是十歲的樣子，「全都迅速地」出生在膝蓋上。由此可見每一位天都有妻兒，生活快樂，好像神仙一般。

以上是定方晟教授依據《俱舍論》世品這一章，所解說的佛教宇宙觀之一，詳盡有趣，值得一讀。

三、觀音菩薩　救苦救難

觀音菩薩在《西遊記》出現次數不少，且扮演極重要角色，每當孫悟空遇到厲害的妖怪不能收伏，便經常去普陀山求助觀音菩薩，而觀音菩薩給世人的印象是救苦救難，大慈大悲；那麼，這位菩薩到底在佛教的地位或身份如何呢？值得一述。

觀音菩薩又譯作觀世音，或觀自在，是以慈悲救濟眾生為本願的菩薩。他跟另一位大勢至菩薩同樣站在西方極樂世界阿彌陀佛的兩旁，世人稱為西方三聖。若有遇難的眾生唸誦他的名號，那麼，他一旦聽到求救聲音，便會趕去拯救，故稱觀世音菩薩。又因他能對理事到達無礙自在的境界，故也叫做觀自在菩薩。

最令人讚嘆的是，觀音菩薩的形像可以因應各方需要，而呈現許多相狀，本形為二臂的正觀音，其餘示現自在，神變多端，有一頭、三頭、五頭、及至千頭、萬頭、八萬四千爍迦囉首；有雙臂、四臂，乃至萬臂，八萬四千母陀羅臂；有雙眼、三眼及至八萬四千隻清淨寶目。他的化相有千手千眼、十一面；再如四面觀音，根本蓮華頂觀音，而這些多半為中國、日本之民俗信仰而來。

本來，觀世音之信仰始自印度、西域，後來傳到中國內地、西藏、南海和日本等地，故有關觀音菩薩的記載頗多，西藏信仰觀音尤盛，歷代的達賴喇嘛皆稱為其化身。自西晉筑法護譯出《正法華經》後，中國內地信仰觀音的風氣大盛，有關著作亦多。自從北魏以後，塑造觀音像的風氣更盛，今天亦同，龍門等地存有遺品甚多。隋唐以後，隨著密教之傳入，紛紛塑造各種觀音像，例如敦煌千佛洞的菩薩像中，觀音佔大半。

自從元魏出現《高玉觀音經》，之後陸續出現《觀音菩薩救苦經》、《觀世音十大願經》、《觀世音三昧經》等諸經，據說他的道場在浙江普陀山，生日在陰曆二月十九日，出家日為九月十九日，成道日為六月十九日。佛教徒耳熟能詳「觀世音菩薩普門品偈」（觀音經），全文如下——

⑴世尊妙相具　我今重問彼　佛子何因緣　名為觀世音
⑵具足妙相尊　偈答無盡意　汝聽觀音行　善應諸方所
⑶弘誓深如海　歷劫不思議　侍多千億佛　發大清淨願
⑷我為汝略說　聞名及見身　心念不空過　能滅諸有苦
⑸假使興害意　推落大火坑　念彼觀音力　火坑變成池
⑹或漂流巨海　龍魚諸鬼難　念彼觀音力　波浪不能沒
⑺或在須彌峰　為人所推墮　念彼觀音力　如月虛空住
⑻或被惡人逐　墮落金剛山　念彼觀音力　不能損一毛
⑼或值怨賊繞　各執刀加害　念彼觀音力　咸即起慈心
⑽或遭王難苦　臨刑欲壽終　念彼觀音力　刀尋段段壞
⑾或囚禁枷鎖　手足被杻械　念彼觀音力　釋然得解脫
⑿呪詛諸毒藥　所欲害身者　念彼觀音力　還著於本人

(13) 或遇惡羅剎　毒龍諸鬼等　念彼觀音力　時悉不敢害

(14) 若惡獸圍繞　利牙爪可怖　念彼觀音力　疾走無邊方

(15) 蚖蛇及蝮蠍　氣毒煙火燃　念彼觀音力　尋聲自迴去

(16) 雲雷鼓掣電　降雹澍大雨　念彼觀音力　應時得消散

(17) 眾生被困厄　無量苦逼身　觀音妙智力　能救世間苦

(18) 具足神通力　廣修智方便　十方諸國土　無剎不現身

(19) 種種諸惡趣　地獄鬼畜生　生老病死苦　以漸悉令滅

(20) 真觀清淨觀　廣大智慧觀　悲觀及慈觀　常願常瞻仰

(21) 無垢清淨光　慧日破諸闇　能伏災風火　普明照世間

(22) 悲體戒雷震　慈意妙大雲　澍甘露法雨　滅除煩惱焰

(23) 諍訟經官處　怖畏軍陣中　念彼觀音力　眾怨悉退散

(24) 妙音觀世音　梵音海潮音　勝彼世間音　是故須常念

(25)念念勿生疑　觀世音淨聖　於苦惱死厄　能為作依怙
(26)具一切功德　慈眼視眾生　福具海無量　是故應頂禮

結語——爾時持地菩薩即從座起，前白佛曰：「世尊！若有眾生聞是觀世音菩薩品自在之業，普門示現神通力者，當知是人功德不少。」佛說是普門品時，眾中八萬四千眾生，皆發無等等阿耨多羅三藐三菩提心。

四、兩佛身邊　多少徒眾

《西遊記》說：如來佛身邊經常有一大群徒眾跟隨，如三千諸佛、五百羅漢、八大金剛、四菩薩、天龍、優婆塞、優婆夷、比丘僧、比丘尼等。

如上述「如來佛祖」，雖然是釋迦牟尼佛（佛陀），但依照佛經記載，佛陀當年弘法四十餘年，身邊也經常有大群徒眾前呼後擁，沐浴法喜，其中阿難不離佛陀身邊，服侍佛陀二十多年，現列舉幾部經典的記載：

㈠《維摩經》——某年，佛陀住在毗耶離菴樹國時，就有大比丘八千人、菩薩三萬兩千人，和眾善知識。

（依據《法華文句》說，佛陀說法的時候有四種聽眾：一是發起眾，即發起講這部經的人；二是當機眾，當時跟隨佛陀有一千二百五十人；三是影響眾，他方菩薩來助佛宣揚者；四是結緣眾，如一般下根的薄福眾生。）

而今三萬兩千位菩薩，就是指四眾中的影響眾。例如：法相、光相、光嚴、大嚴、寶手、寶印、常舉手、常下手、寶積、辯積、常摻、喜根、喜王、辯音、虛空藏、執寶炬、寶勇、寶見、帝網、明網、無緣觀、慧積、寶勝、天王、壞魔、電德、自在王、功德相嚴、師子吼、雷音、山相擊、香眾、白香眾、常精進、不休息、妙生、華嚴、觀世音、得大勢、梵網、寶杖、無勝、嚴土、金髻、珠髻、彌勒、文殊師利法王子等菩薩，真是個大數字。

還有梵王、帝釋等天龍八部眾都來聆聽佛法，此外有大威力諸天、龍神、夜叉、乾闥婆、阿修羅、迦樓羅、緊那羅、摩睺羅伽等都來參加法會，以及諸比丘、比丘尼、優婆塞、優婆夷等俱來會坐。

（今解釋一下許多名相，龍神是指虛空中由善惡雜報所感的，有些似人天、非人天之類的龍神。夜叉有地行、空行、天行三種，地行包括食生人肉食的羅剎女。乾闥婆是天樂神不事生產，有「聞香來舞，作樂乞食」的意思。阿修羅的容貌難看，終日好鬥，計有卵生、胎生、化生和濕生四種修羅。迦樓羅是大鵬金翅鳥神，也有胎卵濕化等四生，能食四生的諸龍。緊那羅是頭上有角，是指大蟒蛇神。在四眾弟子中，比丘和比丘尼是出家人，主持佛禮者；優婆塞、優婆夷是受了五戒的男居士和女居士，都親近和侍奉三寶。）

(二)《法華經》——某年，佛陀住在王舍城耆闍崛山，在場有大比丘眾一萬兩千人，都是阿羅漢，已經沒有煩惱了，例如憍陳如、大迦葉、優樓頻螺迦葉、迦那迦葉那提迦葉、舍利弗、目犍連、摩訶迦梅延、阿免樓馱、劫賓那、憍梵波提、離婆多、畢陵伽婆蹉、薄拘羅摩訶拘絺羅難陀、孫陀羅難陀、富樓那彌多羅尼子、須菩提、阿難、羅睺羅等眾所週知的大阿羅漢。又有摩訶波闍波提比丘尼與眷屬六千人、耶輸陀羅比丘尼菩薩摩訶薩八萬人，例如文殊師利、觀世音、得大勢、常精進、不休息、寶掌、藥王、勇施、寶月、月光、滿月、大力、無量力、越三界、跋陀婆羅、彌勒、寶積、導師等多位菩薩……這時候，會有比丘、比丘尼、優婆塞、優婆夷、天龍、夜叉、乾闥婆、阿修羅、迦樓羅緊那羅、摩睺羅伽、人、非人，及諸子王轉輪聖王……等大眾都用前所未有的歡喜心向佛頂禮……。

《阿闍世王經》一開始也有一段詳盡的記載，當時跟在佛陀身邊的徒眾某年，佛住在耆闍崛山上，座下有一萬兩千位比丘和八萬四千位菩薩眾，他們全是德高望眾的聖者，也全都得到陀羅尼，克服了一切障礙與慾望。同時，全都悟解了「無所從生法」的真理，明白三昧和智慧。所以，他們洞悉所有世人的心理動向，會依不同人的根性說佛法，讓人人心滿意足。

這些徒眾包括四天王、帝釋天、梵天和其他諸神，以及無數的龍、夜叉、犍陀羅、阿須羅、迦樓羅、緊那羅、摩休勒、人和非人等都來聚會。

接著，再解釋下列幾個名詞：

佛——意指覺悟真理的人，乃是佛教修行的最高果位，具備自覺、覺他、覺行三者圓滿，凡夫俗子沒有具備其中任何一樣。佛尚有許多種不同名稱——一切智者、世尊、法王、大導師、如來……等。早期，佛係指歷史上的佛，那就是釋迦牟尼佛。之後又產生過去七佛的思想，接著有未來佛與彌勒佛的產生。小乘教派認為現世不可能並存二佛，反之，大乘教派則認為同時可以存在許多佛。例如東方阿閦佛，西方有阿彌陀佛，同時在他方世界亦有無數（如恒河沙之數）佛存在，所謂十方恒沙諸佛，故世人稱小乘為一佛說，大乘為多佛說。

菩薩——意譯為覺有情，大覺有情或作道眾生。也就是能自利、利他兩種道行圓滿，勇猛追求佛的果位或境界。他們是上求無上菩提，下化無量眾生的修行人。

菩薩所修的行為，叫做菩薩行。佛陀前輩子有過無數菩薩行，如下則《六度集經》第四的故事：

某地有叔侄兩位商人，都要到國外經商，途經一條河邊，叔父先行渡河，走到對岸村子裏。村裏有一家寡婦和小女孩，母女生活十分窮苦。商人來到她們家裏，小女孩端出一只金盤說要賣，母親也說這是傳家的金盤，因為生活過不下去，不得不賣，才特地拿出來讓商人過目。

商人用尖刀削來一看，發覺這是罕見的寶物，奈因他天生貪慾太強，就動了歪腦筋，想要騙她們母女。

「這種東西根本不值錢，拿了會弄髒我的手。」

他說完往地上一丟，走出家門，揚長而去，她們母女都覺得十分難為情。侄兒此時慢一步來到她們家，就問：「有東西要賣嗎？」

「既然前面的人這麼說，也不必拿出去賣了。」母親說。

「現在這個人看起來蠻老實。」女兒說。

女兒再拿出金盤來了，侄兒一看，大吃一驚地說：「這是罕見的寶物，也是斯摩金。我要用身上所有的金子跟你們交換好嗎？不過，我沒有船隻回家，所以我只留下百文錢，其餘的全部給你們好了。」

侄兒毅然買下金盤，高高興興從原路回去。

剛才憤憤離去的叔父又返回來，對她們母女說：

「你們的金盤要不得，我看你們很可憐，我現在給你們一點金子，你快把金盤交給我好啦！」

「可惜，剛才一個年輕商人一看，就用他身上所有的金子給買走了。」

叔父一聽，驚得拔腿就跑，上氣不接下氣跑到河邊，大聲叫喊：「快還我金盤子，快還我金盤子。」

片刻間，他吐血倒在地上了。

侄兒聽到叫聲，拿著金盤回岸時，叔父已經死去。

侄兒是佛陀的前身，叔叔是提婆達多的前世。

阿羅漢（羅漢）——專指小乘佛教中所得最高果位，如從廣義來說，大乘也認同它是最高果位。所謂阿羅漢果，是斷盡一切煩惱，得盡智而受世間大供養的聖者，證入這種果位者，四智圓融無礙，無法可學，故稱無學。無學果、無學位，例如《法句譬喻經》沙門品下則說話：

某年，佛陀住在祇園精舍說法時期，一位少年比丘大清早起，到村子去行乞。當時，路邊有一片官家的菜園裡面種著小米，在園外草中設有防偷的上了機關的箭，若有野獸盜賊來偷穀物，一旦誤觸機關，必將中箭而死。

此時正由一位少女看守園，若有人要進入園中，必須先在園外叫她領路才能進得來，否則亂走進來，必會被箭射死。這位少女經常在園裡唱著悲悽的歌，聲音嘹亮迷人，凡是過路人都會停住，徘徊不走的向她打招呼。

當時，這位少年比丘乞食回來，途中聽到園中傳來優美動人的歌聲，便心迷意亂的停住。他以為這個女孩一定非常美麗，便很想見她，和她談談，於是就走向園中。但在他還未進到園中，便已恍惚地掉了錫杖，丟了衣鉢，而還沒感覺。

佛陀看到這位比丘，若再向前走一步，就要被箭射死，但是他因宿世福報應當得道，只是一時愚昧，被慾情所迷。佛陀憐憫他的愚癡，便想即時救度他。於是化成一位居士，走到他身邊，用一首偈語來警惕他說：

沙門何行，如意不禁；步步著粘，但隨思走；
袈裳被肩，為惡不損；行惡行者，斯墮惡道；
截流自持，折心卻欲；人不割欲，一意猶走；
為之為之，必強自制；捨家而懈，意猶復染；
行懈緩者，誘意不除；非淨梵行，焉致大寶；
不調難誡，如風枯樹；自作為身，曷不精進。

居士說完偈後，便復現佛身，光明照耀天地，少年見到佛陀現身，心結突然解開，如在暗中見到光明，當下五體投地向佛頂禮，叩頭懺悔，內明止觀，即證悟羅漢果，然後隨佛陀返回精舍去。

神——佛教主張因緣，而否定像其他宗教那種神創說，後來，佛教不由得引入印度教的神，例如各種天（梵）界也被納入，即所謂梵天也。因為它在印度教及婆羅門教中，屬於最高神，它是印度教的創造神，依佛教看來，天界雖然比人界要高，但也仍然屬於迷界，尚不能超越輪迴轉生，果報一旦用盡，仍會墮到天界以下。而佛超越神界，超越諸天，稱為超神、神中之神、天中天、天人師等。

不過，佛經中常有龍神，阿修羅，樹神等。例如《舊雜譬喻經》有一則說話——

印度有一個修行者在山裏修行，附近棲息許多毒蛇。這位行者非常怕蛇，就在樹下搭設一座高床，以便打坐。不過，他對毒蛇一直不能忘懷，睡得很不安，甚至輾轉難眠。天神在天界看他的樣子。便想出方便巧計來啟發他。天神本著慈悲心，終夜不停地對行者說：

「喂，毒蛇來啦！小心。」

行者每次聽見都很心驚，立刻拿起燈火，四處去查看，但都看不到毒蛇的影子。天神仍然不停地喊：「毒蛇來了。」日子久了，行者對毒蛇便不在意，卻怒不可遏說：

「怎麼連天神都在撒謊？毒蛇連影子都沒有？」

這時，天神才對修行者說：

「你為什麼不看看自己內心的毒蛇呢？你全身潛伏著四條蛇，如果不除掉牠，只注意外界，你想這樣能夠修行嗎？恐怕不能夠吧？」

孫悟空手持那根「如意金箍棒」一萬三千五百斤，能大能小，隨心所欲，早期取自水晶宮海龍王，那麼，佛教也提到海龍王嗎？

沒錯，佛經也有四卷《海龍王經》西晉竺法護譯。內容說，某年，佛陀住在王舍城靈鷲山，為海龍王講六度十德等菩薩之法，又為龍王的女兒——寶錦授記，因為這個女孩頗有智慧，曾經跟大迦葉尊者探討大乘的妙理，深受佛陀稱讚。

五、地獄主人　到底是誰？

孫悟空幾次進出幽冥界，會過十代冥王——秦廣王、初江王、宋帝王、忤官王、閻羅王、平等王、泰山王、都市王、卡城王、轉輪王。

到底這些幽冥界（地獄）之王，是否來自佛教？抑或民間信仰？頗讓讀者們疑惑，今簡述於下：

閻羅十殿，即是閻羅（魔）王，原為印度吠陀時代的夜摩神，被一般人視為死神，或掌管冥界的主神；後來，這種思想滲入佛教，再傳入中國，並跟道教相結合，而衍生出冥界十王之說。閻羅十殿泛指整個幽冥世界之十王。

這項信仰大約起於唐末五代，至於十王的起源，則異說紛紛，依據《釋門正統》記載，唐代道明和尚神遊地府時，看到十殿冥王分別審判亡者的罪業，醒來後一一詳述，從此以後，這種信仰便廣為流傳。

又有人說，十王雖係印度所傳，但名稱多為我國之稱呼，且形像亦多穿中國古代的道服，故不似印度傳入者。在我國民間信仰中，地獄思想深受佛教影響，尤其受「地藏菩薩本願經」的影響最深，故視地藏菩薩為地獄的最高主宰，稱為幽冥教主，其下管轄十殿閻羅王（名稱如上述者）。這十王各有不同的職司，分別審判亡者在世所犯的罪業，而施以刑罰。

依《地藏菩薩發心因緣十王經》記載，十位冥王皆由本地佛菩薩應化轉變而來，如一殿秦廣王的本地為不動明王、二殿初江王的本地為釋迦如來，其他三殿到十殿的本地，依次為文殊、普賢、地藏、彌勒、藥師、觀世音等菩薩，加上阿閦如來和阿彌陀佛。

閻羅十殿係佛教與中國民間信仰的混合物，但自古以來，這種信仰早已深植民間，頗能發揮佛教中「因果輪迴，善惡報應」的道理，收到警世勸善的功效。

據傳閻羅王掌管第五殿，係大海底東北部沃燋石下一處叫喚大地獄，及十六誅心小地獄。亡魂在抵達第五殿前，須先到「望鄉台」上觀望子孫在陽間情狀，之後才到此殿受審判，這殿閻羅王鐵面無私，判刑正直嚴厲，故到這裏的亡魂，個個心驚膽跳，深怕受到重刑伺候。

依《長阿含經》地獄品說，在閻浮提之南，大金剛山內，有一座閻羅王宮，主人叫閻羅王，他雖為地獄之王，亦同其他罪人一般，晝夜三時仍得受火熱之苦。

依《正法念處經》說，閻羅王為惡鬼之主，號稱閻羅鬼王，住在餓鬼世界（閻魔羅界）。

依《六十華嚴經》說：「如重病人常被苦痛，恩愛繫縛在生死獄，常不離地獄、餓鬼、畜生、閻羅王處。」

依《觀佛三昧海經》說，閻羅王化現於地獄中，以教誨罪人知道自己的罪業，及所應受之刑罪與獄名。

依《瑜伽師地論》說，菩薩化現為地獄王，以教誨罪人。

依《大乘大集地藏十論經》說，地藏菩薩靠不可思議的望因誓願力，化現梵天、自在天、禽獸天、地獄卒身、閻羅王身等，以救度一切眾生。

據《長阿含經》說，閻羅王宮縱橫有六千由旬，其城有七重欄楯，七重羅網，和七重行樹。

六、大乘小乘　都是佛道

《西遊記》第十二回有一段話：「你這小乘教法，度不得亡者超升，只可渾俗和光而已，我有大乘佛法三藏，能超亡者升天，能度難人脫苦，能修無量壽身，能作無來無去。」

乍聽下，這話似是而非，佛教徒耳熟能詳大乘小乘的教法與經典，雖然兩者略有不同，但也不似《西遊記》所說那樣。

我今略述兩者的內容有些差異：

「乘」是指交通工具，意謂某種教法能將眾生，從煩惱的此岸，載到覺悟的彼岸。解說如下：（摘要自《佛光大辭典》）

通常所謂大乘、小乘，係指釋尊入滅後一段時期，大乘佛教興起後，由於大，小乘對立而起的名詞。一般來說，係大乘佛教徒對於原始佛教與部派佛教之泛稱，依部派佛教的立場看，大乘並非佛教。若從思想史發展而言，小乘乃是大乘思想的基礎。

小乘視釋尊為教主，大乘則提倡三世十方有無數佛。小乘以自己解脫為主要目標，故為自調自度（調指滅除煩惱；度指證果開悟）的聲聞，緣覺之道，大乘認為涅槃有積極的意義，乃自利與利他，兩面兼顧的菩薩道。

小乘中，有阿含經、四分律、五分律等，以及婆沙論、六足論、發智論、俱舍論、成實論等。大乘中，有般若經、法華經、華嚴經等，以及中論攝、大乘論等。大乘教徒雖然承認三藏之價值，但以為它不如大乘經之殊勝；而小乘教徒則以為大乘經論不是佛說。

印度的大乘，有中觀與瑜伽二系統，以及後期之密教。初期大乘約從一世紀到五世紀，集中解說「假有性空」的理論，逐步形成由龍樹，提婆創始的中觀學派。中期大乘約從五世紀到六世紀，特點在解說如來藏緣起，和阿賴耶識緣起，集中解釋「萬法唯識」之各類佛經，從中形成由無著，世親為始祖的瑜伽學派。後期大乘是從七世紀以後，佛教義學逐漸衰微，密教起而代之。至十三世紀初夜在印度絕跡。而由印度本土傳出的大乘佛教，屬於北傳佛教。

我國及日本現行之佛教，均屬大乘佛教。緬甸、泰國之佛教屬古來之上座部系統；而西藏，蒙古所行之教，則屬大乘系統。

有人說，小乘乃為聲聞而設的權門方便的教法，屬於佛教的初門，然而近世佛教研究法不斷改變，便把原來所謂「小乘教」，改稱為「原始佛教」或「根本佛教」，其中多含釋尊直接口授之教說，後來的大乘佛教則為其教義之繁衍或延伸。今天東亞諸國中以錫蘭、緬甸、泰國等地信奉小乘佛教，泥泊爾、西藏、蒙古和中、日兩國等，主要信奉大乘佛教，也兼信小乘。

七、心經來歷　真相大白

《西遊記》第十九回說，一位烏窠禪師，送一部《般若心經》給唐僧，吩咐唐僧若遇魔障，但念此經，自無傷害。經文有五十四句，共計二百六十八個字……。

烏窠禪師雖然確有其人，但傳說內容不同，依《佛光大辭典》的摘要是：

唐代一位禪師號禪圓修，福州人，俗姓潘。他的事跡，依宋高僧傳卷十一所載，圓修禪師受戒於嵩山會善寺，後來參訪百丈禪師，始悟佛道。住在秦望山古松巔，與鵲鳥為鄰，號稱鳥窠禪師。唐朝元和初年，太守裴常棣為造招賢寺使居之。太和七年（八三三）九月圓寂，世壽九十九，法臘八十，建塔於石甑山下。

又據景德傳燈錄卷四道林傳記載，這位法師的法名為導林，曾在荊州果願寺受戒，參訪國一禪師才悟道。住在秦望山長松山，世人稱為鳥窠禪師。元和年間，太守白居易屢次前往，請教佛法。長慶四年（八二四）二月入寂，世壽八十四，法臘六十三。

又《西遊記》說，《般若心經》的經文，事實上只有二百六十個字，但必須說明這部經典相當古老，也是諸經中最簡短的，同時，顯、密兩教都很重視它。這部經的譯本很多，單是中文就有七種，梵文也有大本與小本兩大類……。

這部經的內容，算是佛陀五十歲後的思想，無異智慧的結晶，中國有一位高僧叫智顗，曾經依照佛陀的生涯，把佛經分為五個時期，故稱為「五時」。「般若時」相當於第四時期，那也是「般若心經」等的排位，請看五時是：

㈠華嚴時——釋尊成道後，最先所說的是《華嚴經》

㈡阿含時——釋尊在鹿野苑等地，講小乘的《阿含經》，就以該地區取名。

㈢方等時——講《維摩經》、《勝鬘經》等諸大乘經時期。

㈣般若時——講諸部《般若經》之間，依經驗而取名時期。

㈤法華涅槃時——從講《法華經》，到最後《涅槃經》之間。

其實，《般若心經》的全文不足二百七十字，自古以來，據稱《般若心經》為《大般若波羅蜜多經》（簡稱『大般若經』）的精華，綱要也多達六百卷。本經是唐玄奘翻譯的，他從印度帶回大批佛經來翻譯，而這部《般若心經》也是其中之一。可見與史實南轅北轍，讓人捧腹。

《般若心經》全文如下：（**唐三藏法師玄奘大師譯**）

觀自在菩薩行深般若波羅密多時，照見五蘊皆空，度一切苦厄。舍利子，色不異空，空不異色；色即是空，空即是色。受想行識，亦復如是。舍利子，是諸法空相，不生不滅，不垢不淨，不增不減。是故空中無色，無受想行識，無眼耳鼻舌身意，無色聲香味觸法，無眼界，乃至無意識界，無無明，亦無無月盡。乃至無老死，亦無老死盡。無苦集滅道，無智亦無得。以無所得故，菩提薩埵。依般若波羅蜜多故，心無罣礙；無罣礙故，無有恐怖；遠離顛倒夢想，究竟涅槃，三世諸佛，依般若波羅蜜多故，得阿耨多羅三藐三菩提。故知般若波羅蜜多，是大神呪，是大明呪，是無上呪，是無等等呪，能除一切苦，真實不虛。故說般若波羅蜜多呪，即說呪曰：「揭諦！揭諦！波羅揭諦！波羅僧揭諦！菩提薩婆訶！」

八、同門師兄弟　友愛最感人

《西遊記》再三提到如來佛身邊有阿難和迦葉，誠如前述，雖說釋迦牟尼佛不住在西方極樂世界，不過，他在娑婆世界弘揚佛法時期，倒有兩位非常優秀的弟子，即阿難和大迦葉；關於他們的事跡和皈依經過，佛經記載頗多，尤其在釋迦牟尼佛入滅後，這對師兄弟對於佛法的結集和傳承，曾經扮演關鍵性的角色，先看大迦葉的身份：

大迦葉又叫摩訶迦葉，為佛陀十大弟子之一，有別於優樓頻羅迦葉，伽耶迦葉（三人都叫迦葉，但非同一人）。大迦葉生於王舍城近郊的婆羅門家庭，在佛成道後第三年，皈依為佛弟子，八天後就證得阿羅漢果位，在眾多佛弟子中，他最沒有執著，故為傳付法藏第一祖。

他的人格非常清廉，深得佛陀的信賴。佛陀入滅後，他即刻成為佛教教團的領袖，在阿闍世王的供養下，就選在王舍城郊外召集第一次經典結集。直到阿難為法的繼承者，他才到雞足山入定，以待彌勒出世，方入涅槃。膾炙人口的「拈花微笑」這則公案，就是指他和佛兩人心心相契，傳承心法，還有在佛門十大傑出弟子中，大迦葉被稱為「頭陀第一」。

再說阿難也是佛陀十大弟子之一，全稱為阿羅陀，意譯為歡喜、慶喜的意思。他原為佛陀的堂弟，出家後二十餘年，一直服侍佛陀，記性極佳，對於佛陀說法幾乎都能朗誦，故被稱「多聞第一」。

阿難生得容貌端莊，面孔皎好，眼如青蓮花，雖說他已經出家，卻也不時受到婦女的困擾，幸好阿難志節堅定，始得保全修行。佛教徒耳熟能詳《楞嚴經》提到摩登伽的女兒，名叫鉢吉蒂，長得十分美貌，但她一看見阿難，就喜愛阿難了。於是，她百般誘惑阿難，眼看阿難就要破戒之際，幸虧佛陀設法將他救出來。

他在佛陀生前未能開悟，佛陀入滅時忍不住悲痛哭泣，反而得到佛陀的安慰。在首次舉行經典結集會時，他被選為誦經人，所以，對於佛法傳承，功不可沒。

依據《付法藏因緣傳》記載，佛陀傳法給大迦葉，之後，大迦葉又傳給阿難，所以，阿難為付法藏第二祖。阿難在佛陀入滅後二十年至二十五年間，就在殑伽河中游去世，他去世前，曾將佛法付囑給商那和修。

《大智度論》第三有一段關於阿難的記載如下：

阿難是釋尊的堂弟，也是佛弟子之一，曾服侍佛陀二十多年，見多識廣，對於法藏的知曉，幾乎無出其右。但在佛入滅前夕，他竟然還留些煩惱。結果在法藏結集的大庭廣眾之前，才遭到不尋常的羞辱。

事實上，在佛陀入滅前，他一直努力修行。至於說他仍有煩惱，倒非指阿難修行不紮實，那完全是由於他自己的心願。因為按照佛門規矩，凡已斷盡煩惱，證悟阿羅漢果的人，就不能做侍者。阿難為了做佛的侍者，他才不想斷盡煩惱，證得阿羅漢。他的心願是：

「我要在群眾裏成就多聞第一。」

依他看，只有失去聽聞佛法的機會，才是最大憾事。煩惱的斷盡與否，倒在次要，因此，他才刻意留下若干煩惱，不想快證羅漢果位。

《大智度論》又有一段記載，大迦葉和阿難共同完成第一次佛經結集的感人經過，大意如下：

佛陀入滅後，大迦葉擔心佛法會滅亡，眼見一群佛門弟子中，精通教法者也紛紛隨佛去了，人數天天減少，這一來，若讓佛法消失的話，以後的天下眾生怎麼辦呢？因此，他想讓各人所能記得的內容說出來，使它永遠流傳後世，才能報答佛恩。所以，所有佛門弟子都沒有異議。首先，大迦葉挑選出一千名證到果位，且通曉內外經書者，在王舍城近郊的靈鷲山專心結集經藏，此事難得阿闍世王的支援，每天供養一千名僧眾的伙食。

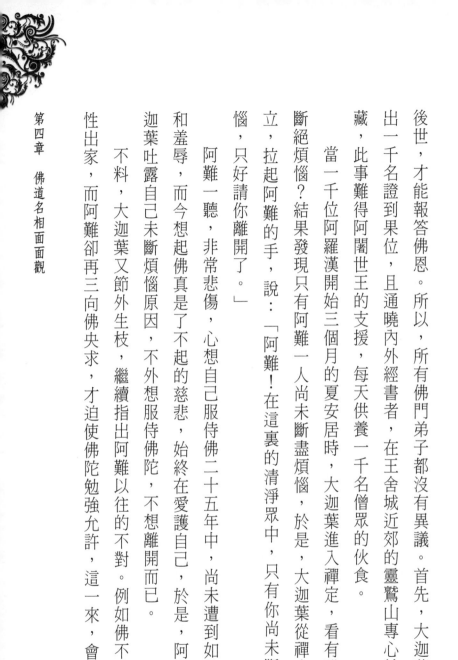

當一千位阿羅漢開始三個月的夏安居時，大迦葉進入禪定，看有誰尚未斷絕煩惱？結果發現只有阿難一人尚未斷盡煩惱，於是，大迦葉從禪定中起立，拉起阿難的手，說：「阿難！在這裏的清淨眾中，只有你尚未斷盡煩惱，只好請你離開了。」

阿難一聽，非常悲傷，心想自己服侍佛二十五年中，尚未遭到如此難堪和羞辱，而今想起佛真是了不起的慈悲，始終在愛護自己，於是，阿難向大迦葉吐露自己未斷煩惱原因，不外想服侍佛陀，不想離開而已。

不料，大迦葉又節外生枝，繼續指出阿難以往的不對。例如佛不希望女性出家，而阿難卻再三向佛央求，才迫使佛陀勉強允許，這一來，會使正法早衰五百年，故要阿難承擔這項罪行。阿難抗辯說：

「在三世諸佛的正法裏，一直有比丘、比丘尼、優婆塞和優婆夷等四眾，並非只有世尊的法裏才有比丘尼啊！」

「好！關於女性出家的事，就算你無罪吧！但你還有其他的罪，就是世尊快入涅槃，走到拘尸城近郊時，因為背痛鋪下坐具休憩，吩咐你去舀水，而你始終沒去，這不是大罪嗎？」大迦葉責問。

「那時剛好有五百輛車渡河，把河水搞髒了。事非得已，才沒有去舀水。」阿難又抗辯了。

「你說得沒道理，世尊神通廣大，即使河水污濁，世尊也能使海水清淨，你顯然違抗世尊的話，所以，你犯了大罪，必須馬上離開這個會場，好好去懺悔。」大迦葉說。

不論阿難怎樣爭辯都沒用，大迦葉還窮追不捨地問：「當初世尊曾說，世上若有人要求的話，他可以世間再停留一劫期。然而，世尊連續發問三次，你卻一直沈默，倘若你當時回答，世尊豈不就在世間再留一劫嗎？世尊比想像中早入涅槃，完全出自你的怠慢，難道你能無罪嗎？」

阿難答說：「當時有惡魔在騷擾，讓我不能開口，而不是我有惡心呀！」

「你以前替世尊折疊法衣時，用腳踏在清淨衣上，這一點難道沒有罪嗎？」

「的確有這回事。不過，當時風大，世尊身邊只有我一人，沒有旁人協助我，才使法衣被強風吹到我腳下，所以，我錯踏世尊的法衣，不是我不夠恭敬。」

大迦葉又繼續指責阿難說：「世尊涅槃後，你讓世尊的陰囊被女人看見，這不是極不恭敬嗎？」

「我想讓女人看了世尊的陰囊相，會使她們生起慚愧心，這不是培植她們的善根嗎？我不是因為無恥才破戒呀！」

「阿難：我看你一共犯了六項大罪，這些足以讓你在大家面前懺悔了吧？」

「好，我會遵照長者的指示去做。」

阿難果然跪在大迦葉面前，偏袒右肩，合掌懺悔六項重罪，懺悔完後，大迦葉又把阿難拉起來，厲聲說道：

「你還沒有斷盡煩惱，絕對不能待在這裏。」

說完話，大迦葉就把阿難推出門外了，之後關閉大門，不讓阿難進來。

阿難離開後，仔細反省一番，想努力除去餘下的煩惱。當晚，他一邊打坐，一邊又從座中起立繞行，幸好阿難有豐富的智慧，只缺少一些禪定工夫，所以，他想在這方面加強些。深夜中，他十分疲倦，便想躺下來休息，他剛要伸手去抓枕頭，突然大悟了。彷彿電光一閃，使他在黑暗中找到了大路，阿難終於進入極高禪定中，獲得了非凡的智慧，和六種神通，證得大力羅漢果位。

當時，阿難立刻跑回教團門口，只聽大迦葉問道：「誰在敲門呀？」

阿難答道：「我是阿難。」

大迦葉問道：「你為什麼又跑回來呢？」

阿難答道：「我已經除掉一切煩惱啦。」

大迦葉說：「我不給你開，你從門上鑰匙洞口進來吧！」

阿難答說：「好」，便大顯神通，果然從門上鑰匙洞中鑽進去。他先向大眾的腳作禮，之後說：「大迦葉，請你別再罵我好嗎？」

大迦葉伸手撫摸阿難的頭頂，說道：「我是刻意為你著想，存心要使你得道，你不要恨我，你已經悟了佛道，猶如舉手在空間描畫，什麼也染不著，你回到自己的座位去吧！」

這時，一位阿泥盧研長老說道：「現有阿難長老在場，他是佛弟子中伺候佛身邊和聽經最久的人，又擅長記憶，佛也不時稱讚他，阿難最有資格結集經藏了。」

大迦葉又伸手撫摸阿難的頭頂，說道：「佛要你負責後事，讓法藏持續下去。你要報答佛恩呀！一群傑出的佛弟子紛紛入滅了，只剩下你一人在世，你要依照佛的意思，憐憫天下眾生，把佛說的法藏結集起來。」

阿難聽了就朝向教團禮拜，之後，就坐在最高的座位。大迦葉又作了一首詩偈，阿難一心合掌，朝佛的涅槃方向，說道：「佛最初說法的情狀，我並沒有看見。據說當時佛在波羅奈，先為五位比丘說法，揭開難得的法門……。」

總之，大迦葉和阿難聯手舉行的第一結集就這樣開幕了，而這一段無疑是描述兩人最精彩、最重要的部份，值得佛教徒永遠記住。

大展好書　好書大展
品嘗好書　冠群可期

大展好書　好書大展
品嘗好書　冠群可期